힘 빼고 스윙스윙 랄랄라

: 오늘도 나이스 샷을 꿈꾸는 보통 사람의 골프 이야기

초판 1쇄 발행 | 2020년 7월 20일

지은이 이경
발행인 한명선
편집인 김화영

편집 나은심 **마케팅** 배성진 **관리** 이영혜
디자인 모리스

주소 서울시 종로구 평창길 329(우편번호 03003)
문의전화 02-394-1037(편집) 02-394-1047(마케팅)
팩스 02-394-1029
전자우편 offcourse_book@daum.net
인스타그램 instagram.com/offcourse_book

발행처 (주)새움출판사
출판등록 1998년 8월 28일(제10-1633호)

ⓒ 이경, 2020
ISBN 979-11-90473-28-6 03810

오늘도 나이스 샷을 꿈꾸는
보통 사람의 골프 이야기

힘 빼고
스윙 스윙
랄랄라

이경 에세이

뜻밖

프롤
로그

골프, 좋아하세요? 푸욱 빠져 있을 만큼 좋아하는 분들도 계실 테고, 골프 그까짓 공놀이라며 관심 없는 분들도 있을 텐데요. 이 책을 열어본 분들은 아주 조금이라도 골프에 호기심을 가진 분들이겠죠?

혹시 지금 서점에 계신 거라면 골프 책이 있는 서가를 둘러보세요. 근데 이동하기가 또 귀찮잖아요? 그러니 그냥 여기에 머무르세요. 골프 관련 서가를 보시면 프로 코치들의 레슨 책이 대부분이고, 때로는 유명 인사들의 에세이도 있을 겁니다. 이 책을 쓴 저는 골프 코치도, 또 유명인도 아닌 그저 넓은 우주 속 먼지 같은 존재입니다. 먼지도 거의 미세먼지급이랄까요.

그렇다고 골프 구력이 오래되었느냐, 물으신다면 저는 또 고개를 저을 수밖에 없습니다. 아직 구력 2년도 안 된 초보 중의 초보거든요. 한마디로 이 책은 평범의 극치를 달리고 있는 보통 사람의 골프 에세이입니다.

관심이 뚝 떨어지나요? 책을 덮으실 건가요? 급한 약속이 있는 게 아니라면, 이왕 여기까지 읽으신 거 좀만 더 봐주세요.

평범한 사람의 골프 에세이가 뭐 볼 게 있을까, 싶으시겠지만 결국 세상은 저나 여러분 같은 보통 사람들이 보통의 일상을 살아가며 이루는 거 아니겠습니까.

그럼에도 저 같은 보통 사람의 골프 에세이라니. 분명 흔한 책은 아닌 거 같습니다. 책을 내기 위해선 품이 많이 듭니다. 편집자는 눈이 빠지게 원고를 봐야 하고, 마케터는 발이 빠지게 홍보해야 하고, 디자이너는 디자인 잡아야 하고, 종이 값은 나날이 오르고.

그런데 출판사가 자선 사업을 하는 것도 아니고, 저 같은 사람의 골프 에세이를 내주었으니, 이 안에는 아주 조금이라도 무언가 특별한 것이 있지 않겠습니까?

이쯤에서 제 태생의 비밀이랄까, 출신의 비밀이랄까, 뭐 그러한 게 있다고 치고서 밝히자면 저는 아주 오래전 PC통신 유머 동호회 시삽 출신입니다. 허구한 날 보던 게 웃긴 이야기, 재미난 이야기, 배꼽 빠지는 이야기. 뭐, 그런 이야기예요.

어째서인지 제가 시삽을 맡은 지 1년도 안 돼서 PC통신은

망하고, 광활한 인터넷의 세계가 열리긴 했지만요. 그래도 어떤 글이 재미난 이야기인지는 익히 체험해왔다고 할까요.

골프. 아, 다시 생각해도 영 재미없어 보이는 소재가 분명한데, 제가 이 골프라는 소재에 유머라는 산소호흡기를 달고서 한번 심폐소생을 해보도록 하겠습니다. 뭐, 딱히 아! 마음먹고 한번 웃겨봐야지, 하고 쓴 글은 아니지만 어쩐지 재미난 글이 나온 것은 그만큼 제가 못난 탓인 거 같기도 합니다.

심지어는 얼굴도 못생겼어요. 제가 좀 말상인데요. 같은 집에 사는 여성이 어떻게 갈수록 얼굴이 길어지냐고, 어제도 못생겼는데, 오늘도 여지없이 못생겼냐고 구박과 타박을 일삼아 마음의 상처가 잔뜩 쌓인 지경에 이르렀습니다. 이게 저의 두 번째 책인데 아무래도 복면 작가의 삶을 살아야 할 것 같아요.

그러니까 이 책은 평범하고도 못난 사람의 골프 이야기입니다. 그래도 분명 유머와 공감의 지점이 있을 거예요. 가령 아버지가 있는 사람의 이야기랄까요. 이 글을 쓰는 저나 보고 있는 여러분이나 자웅동체가 아닌 이상은 아버지 없이 이 세상에 나온 건 아니잖습니까.

타인에게 골프 권유를 받아 시작한, 초보 골퍼의 석 달간의 연습 과정이 담긴 이야기이긴 합니다만, 사실 골프에 관심이 있든 없든 이 책을 보는 데는 아무런 상관이 없습니다. 저 역시 골프, 그까짓 공놀이라고 생각한 사람이었던지라 골프를 몰라도 보는 데는 지장이 없다는 이야깁니다.

자자, 이제 영업은 이쯤에서 접어두고, 프롤로그가 끝났습니다. 여기까지 읽어주신 이름 모를 독자님. 이왕 프롤로그까지 읽으신 거 그럼 저와 함께 본문으로 넘어가볼까요? 마음껏 즐겨주실 준비가 되셨습니까? 독자님이 재미없어 하실까 봐 저는 조금 긴장이 됩니다만.

2020년 여름,
아직은 초보 골퍼 이경.

골프가
뭐라고

골프,
해야 하나요?

내일모레 마흔. 직장인. 아내
와 남자아이 둘을 부양 중. 매일 아침 머리를 감고 거울을 볼
때마다 어쩐지 줄어만 드는 머리숱을 아쉬워하는 사람. 사라지
는 머리숱과 달리 자꾸만 늘어지는 뱃살을 쥐어 잡곤 이젠 모
르겠다, 될 대로 되라는 식으로 사는 사람. 음악을 좋아하고 취
미 삼아 글쓰기를 즐기는 사람. 한마디로 요약하자면 뭐, 대한
민국의 평범한 아저씨.

바로 나다. 운동이라곤 숨쉬기 운동만 간신히 하고 있던 내
가 골프채를 잡게 생겼다. 매일 빠지는 머리카락도 주워 잡지
못해 한탄에 빠져 사는 내가 잡을 게 없어 골프채를 잡아야
한다니. 비단 정체성 있는 사람이라면 능동적인 삶을 살아야
할진대 이건 분명 자의가 아닌 타의에서 비롯된 거다.

나이를 한 살 한 살 먹어가면서 주변의 동년배들이 골프를
배우기 시작한다. 형, 누나, 동생, 친구 할 거 없이 각종 SNS에

서는 지인들의 골프 사진과 동영상이 올라온다. 문제는 거래업체의 직원들. 그러니까 내게는 슈퍼갑의 위치에 있는 형들이 골프를 시작하면서 나를 꼬드기기 시작한 거다. 좋은 건 나누랬는데 대체 골프가 얼마나 좋은 거기에 이러는 걸까.

"골프를 해. 골프를 해야 인맥도 늘고 정보도 생긴다고. 너 운동하는 거 있어? 없지? 그러니까 골프를 해. 같이 필드 나가자구. 얼마나 재밌는지 알아?"

아, 이것은 분명 협박 같은 권유다. 아니, 권유 같은 협박일까. 아무리 친한 사이더라도 엄연히 내게는 슈퍼갑의 사람들이다. 내가 일을 해줘야 이 사람들은 회사에 재화를 안겨준다. 회사의 대단한 발전까지 이끌진 못하더라도 최소한의 현상 유지를 위해서라도 슈퍼갑의 마음에 상처를 주어선 안 될 일이다. 그래야 월급도 제때 나오고 가정의 평화를 지킬 수 있다. 이런 권유에 나는 아이고, 네네, 알겠습니다. 하고 대답만 잘해두었다.

뭐랄까. 내 생활신조랄까, 좌우명이랄까. 나는 오늘 할 일을 내일로 미루는 사람이다. 나는 미룰 수 있을 때까지 미뤘다. 시간을 핑계로, 몸 상태를 핑계로, 때로는 글을 써야 한다며 3년을 미루고 버텼다. 그러던 중 12월의 어느 날 망년이라고, 송년이라고, 신년이라고 슈퍼갑 동년배 형들을 만나 저녁을 먹었다. 삼겹살을 뒤집다가 어김없이 골프 얘기가 나온다.

13

"너 아직도 시작 안 했어? 할 생각은 있는 거야? 안 되겠어. 아예 날을 잡자. 3월 어때? 보자. 3월 29일이 금요일이네. 이날 필드 나가자. 석 달 연습하면 되겠지?"

아아, 근 3년을 버텨왔는데 이제는 버틸 수 없는 지경에 이른 것이다. 막다른 골목에 다다른 것이다. 확답을 바라는 질문 앞에 나는 무너졌다. 나는 계란이요, 형들은 바위인 것이다. 그래요. 좋아요. 알겠습니다. 하고 또 대답만 잘해두었다. 형들도 몇 년을 기다려주었으니 답답했을 테지. 뭐든지 있을 때 잘하라고 했다. 형들이 내게 같이 놀자고 할 때 응하는 것이 동생으로서 도리일 테다. 비록 마음속으로는 도리를 지키기보단 고개를 도리도리하고 싶었지만.

그나저나 석 달만 연습하면 정말 필드에 나갈 수 있는 걸까? 길다면 길고 짧다면 짧은 석 달의 시간을 생각하니 두려움이 엄습해왔다. 골프라는 거 괜히 시작했다가 시간만 뺏기고 돈도 많이 드는 거 아닐까? 3월 29일 그날이 과연 올까? 그날이 오면 나는 어떤 표정을 짓고 있을까? 골프를 하기는 해야겠다는 생각이 들면서도 마음 한구석이 불편했다.

형들과 저녁 식사를 마치고 집으로 돌아오는 길에 결국 후회가 막심했다. 조금만 더 버텨볼걸. 아직 자신 없는데. 올해 학교에 들어가는 말 안 듣는 첫째와 요즘 들어 부쩍 뛰어다니는 층간 소음 유발자 둘째 사이에서 독박 육아에 시달리는 아내에겐 무어라 말을 해야 할까. 이런저런 생각들이 밀물처럼 한 꺼번에 밀려왔다.

　그렇지만 이미 엎질러진 물이었다. 빠지는 머리카락과 같이 주워 담을 수 없다. 나는 어느새 휴대폰 메모장에 '3월 29일. 골프 약속'이라고 적어두었다. 3년을 미루고 버텼으니 더 이상 은 무리다. 약속은 곧 신용이다. 거래업체 형들이 은행은 아니 지만, 그들에게 신용불량자의 모습을 보일 순 없다. 현대는 신 용사회 아니던가.
　정신을 차리고 장소를 먼저 고민했다. 골프 연습은 어디서 해야 하나. 이왕 골프 연습을 한다면 집에서 가까운 곳이 좋을 테다. 헬스를 하는 주변인들이 헬스를 하는 것보다 헬스장까 지 움직이는 것이 더 힘들다는 말을 해오던 터였다. 연습장까 지 이동 시간이 길어지면 숨쉬기 운동만 하던 비루한 내 몸뚱 이는 분명 힘에 겨워할 것이다. 일단 나는 뭐든지 미루는 사람 이니까.

　그러고 보니 집 앞에 '스포츠 센터'라는 허름한 간판을 걸어 놓은 곳이 생각났다. 아파트 입주민들을 위한 운동 시설을 모 아놓은 곳인데 이사 오고서 구경 삼아 한번 내려가 본 적이 있 다. 가파른 계단을 걸어 내려가야 하는, 그야말로 간판만큼이 나 허름한 지하 던전 같은 곳이었다.

그 지하 던전, 아니 스포츠 센터에는 러닝머신과 덤벨, 벤치 프레스 등 각종 헬스 기구와 함께 실내 골프 연습을 할 수 있는 시설도 마련되어 있었다. 숨쉬기 운동만 해오던 나와는 상관없는 장소일 것 같았는데 이제는 시선을 달리 보아야 한다. 골프 약속을 잡았으니 어떡해서든 지켜야 한다.

집으로 올라가는 엘리베이터를 기다리다 아파트 게시판을 보니 마침 스포츠 센터의 안내 전단지가 붙어 있었다. 전단지는 마치 어서 오라며, 내게 말을 거는 것 같았다. A4 규격의 전단지에는 한 골퍼의 멋들어진 스윙 사진이 있었다. 나도 석 달을 연습하면 이런 멋진 자세가 나올 수 있을까.

나는 휴대폰을 카메라 모드로 바꿨다. 게시판에 붙은 전단지를 사진 찍고서는 엘리베이터에 몸을 실었다. 사진을 보았더니 전단지에는 한 달 이용료 삼만 오천 원, 레슨비 오만 원이라는 가격이 적혀 있었다. 골프 담당 레슨 코치의 연락처가 있었고 그 아래에는 큼지막한 붉은 글씨의 도드라진 문구가 적혀 있었다.

'지금 바로 시작하세요!'

돼지와
권 코치

권 코치. 보름 전 휴대폰으로 촬영한 집 앞 스포츠 센터의 전단지를 다시 보았을 때 전화번호 옆에는 권 코치라는 이름이 있었다. 미룰 수 있을 때까지 미루는 나는 골프 연습장 전단지를 보고도 바로 전화 걸지 않았다. 그사이 해가 바뀌고 새해가 왔다. 올해는 황금돼지의 해라나. 숨쉬기 운동만 하는 나는 돼지처럼 살만 찐다.

스무 살 시절 나는 꽤나 날씬했다. 군 입대 신체검사에서 몸무게 미달로 2급이 나왔을 정도였다. 어릴 때는 사람들이 나이 먹고 살이 찌는 게 이해가 안 갔다. 아니, 먹는 거 똑같이 먹을 텐데 대체 살이 왜 찌는 거야?

스무 살에 60kg이었던 몸무게는 세월의 흐름에 앞자리가 두 번이나 변했다. 날씬하던 나는 어느새 80kg의 배 나온 아저씨가 돼버렸다. 아아, 젊은 시절 나는 세월 앞에서 참으로 겸손하지 못했구나. 겸손을 몰랐던 나는 돼지처럼 살만 찐다.

새해를 맞아 결국 나는 스포츠 센터에 등록하기로 마음먹었다. 더 이상 돼지처럼 살 수는 없는 노릇이다. 독박 육아에 시달리던 아내에겐 사실대로 말했다. 석 달 뒤 필드 약속을 잡았노라고. 같이 골프 치자는 사람들, 나한테는 슈퍼갑이라고. 먹고살자니 골프를 배워야겠다고. 나도 버틸 수 있는 데까지 버텼다고. 골프 권유자들이 나에게 얘기했던 골프의 장점을 그대로 복사하여 아내에게 붙여넣기 했다. 인맥, 정보. 그리고 뭐 기타 등등.

육아에 적극 참여, 분담하길 바라던 아내가 실망할 줄 알았는데 웬걸, 운동 좀 하라며 잘됐다고 했다. 대신 조건이 붙었다. 전단지에서 본 스포츠 센터 운영 시간은 아침 6시부터 밤 10시 30분까지였다. 아내가 아이들을 재우는 시간은 밤 9시. 아내가 아이들을 재우는 시간에 나는 집에 있으나 마나 한 사람이다.

아내는 아이들을 재우기 시작하는 밤 9시부터 레슨을 받는 것으로 조건을 달았다. 골프를 하면 집을 나가는 시간이 늘어날 테니 이전보다 좀더 육아에 참여하고, 쓰레기 분리수거도 자주 하고, 음식물 쓰레기도 자주 버려달라는 추가 조건이 붙었다. 아내가 나 몰래 영화 〈대부〉를 보았던가. 거절할 수 없는 제안이었다.

조건이 붙었지만, 아내에겐 허락을 받았고 연습을 위한 골프채가 필요했는데 이건 너무나도 수월히 해결되었다. 거래업체의 동년배 형들이 골프를 같이 치자고 권유하기 훨씬 전부터 아버지는 내게 골프를 배우라는 말씀을 해오셨는데, 필드 약속을 잡은 며칠 뒤 아버지가 골프채와 가방을 하사하신 거다.

"비싼 거 아니다. 부담 갖지 말고 연습해라."

반짝이는 새 골프채와 가방을 보고 있자니 감사한 마음과 함께 엄청난 부담이 생겼다. 부담 갖지 말라는 멘트에는 왜 부담감이 덕지덕지 붙어 오는 걸까. 이거 이거, 중도 포기하다간 아버지의 실망감이 이만저만이 아닐 것 같았다.

아버지가 사주신 골프 가방에는 골프채와 함께 골프 장갑, 형광색과 하얀색 골프 공 등 다양한 골프 용품이 들어 있었다. 티샷을 칠 때 공을 올려놓는 티Tee도 한가득이었다. 아내의 허락과 골프채가 생겼으니 장소만 물색하면 바로 연습이 가능한 순간. 전단지에 적혀 있는 권 코치에게 마침내 전화를 걸 시간이 온 것이다. 전화를 걸었더니 받질 않았다. 레슨 중인가 싶어 문자를 남겼다.

'안녕하세요. XX아파트 입주민인데요. 스포츠 센터 등록을 하려 합니다.'

문자를 보내고 10분 정도 흘렀을까. 권 코치에게서 전화가 왔다. 젊어 보이는 목소리의 권 코치는 한번 나와서 상담을 해보자고 했다. 집에서 스포츠 센터까지는 걸어서 일 분 거리였다. 넘어져서 몇 미터만 미끄러지면 코 닿는 자리에 스포츠 센터가 있다. 나는 그걸 또 미루고는 "내일 갈게요." 했다.

다음 날 저녁을 먹고 스포츠 센터에 내려갔다. 오랜만에 센터에 가보니 여전히 던전 입구처럼 허름한 지하실이다. 권 코치님은 젊어 보이던 목소리와 달리 오십대의 아저씨였다. 키가 160cm 정도 되어 보이는 체구가 아담한 아저씨. 센터에서는 몇몇 아저씨, 아주머니들이 골프 연습을 하고 있었고 누군가는 귀에 이어폰을 꽂은 채 러닝머신을 달리고 있었다. 권 코치님은 내게 연습만 할 건지 레슨도 같이 받을지 물어보았다.

"제가 석 달 뒤 필드 약속을 잡아서요. 속성으로 레슨이 가능할까요?"

코치님은 허허 웃으시곤 아파트 입주민에겐 싸게 받는다며 한 달 이용료는 이만 원이요, 레슨비는 칠만 원이라고 했다. 전단지에는 한 달 이용료 삼만 오천 원, 레슨비 오만 원으로 되어 있었다. 합산 금액에서 갑자기 오천 원이 오른 마법. 어쩐지 호구가 된 느낌이 든 나는 전단지에 적힌 가격과 차이 나는 부분을 물었고, 권 코치님은 별거 아니라는 듯 대꾸하셨다.

"아, 그건 옛날 거예요."

아, 그렇구나. 옛날 거구나. 나는 빠르게 수긍했다. 오천 원으로 호구가 된 것처럼 느낄 수도 있었지만, 오천 원으로 쪼잔한 사람으로 보일 수도 있을 것 같아 더 이상 묻지도 따지지도 않았다. 해가 바뀌고 최저임금이 오른 마당에 골프 레슨의 가격이 오른 것도 크게 이상할 것은 없었다.

그 자리에서 지갑을 열어 스포츠 센터 한 달 이용료와 레슨비로 구만 원을 건네고선 골프 가방 등을 넣을 수 있는 전용 사물함 이용권도 끊었다. 수년간 미루었던 골프 연습을 위한 스포츠 센터 등록을 마친 것이다. 나에게는 생애 첫 골프 전담 코치님이 생긴 순간이었다.

유년 시절의
꿈

요즘에는 딸바보가 대세라
지만 부자 간에도 애틋한 로망은 있다. 바로 캐치볼. 아버지와
아이가 함께 공을 주고받는 캐치볼은 세상 많은 부자의 로망
일 것이다. 서로 같은 공간 안에서 공을 주고받으면 부자 간에
차마 전할 수 없던 마음속 감정들이 오가는 느낌이 든다. 나는
오랜 시간 이런 캐치볼에 대한 로망을 갖고 있다.

유년 시절 나의 아버지는 일에 몰두한 삶을 사셨다. 주중에
는 아버지의 얼굴을 거의 보지 못했고, 얼굴을 보던 그 순간에
아버지는 언제나 술 냄새를 풍기곤 하셨다. 주말에 아버지는
하얀 러닝 차림으로 소파에 누워 주무시기만 하셨다. 어릴 때
는 그게 싫었다. 같이 공놀이도 하고 놀고 싶었는데 아버지는
항상 바쁘거나 누워만 있었으니까.
당연히 운동할 시간도 없던 아버지의 배는 점점 둥글둥글해
졌다. 아버지는 가끔 당신의 배를 좀 눌러보라며 나에게 안마
를 시키시곤 하셨다. 그럴 때면 나는 조그마한 손으로 아버지

의 배를 꾹꾹 누르곤 했다. 아빠, 이런다고 배가 들어갈 리 없잖아요. 배 나온 거 운동하면 좀 괜찮을 텐데. 같이 캐치볼 좀 하면 나아질 텐데.

유년 시절 나와 아버지 사이에 캐치볼의 로망이 실현된 적은 없었다. 대신 나는 혼자서 공놀이를 하곤 했다. 초등학생 때 야구부가 있었는데 나름 명문이었다. 수업을 마치고 집으로 돌아갈 때 유니폼을 입고 야구 연습을 하는 친구들과 형들을 보면 멋져 보였다. 아버지에게 야구 하고 싶다고, 야구부에 가입시켜달라고 했을 때 아버지는 다친다며 반대하셨다.

초등학교 6학년에 올라갔더니 몇몇 친구들은 동네 테니스장에 다녔다. 이름은 여성스럽지만 어쩐지 머리숱은 없던 앙드레 아가시와 라이벌 피트 샘프라스 같은 테니스 선수들이 인기를 끌던 시절이다. 친구들은 나에게 같이 테니스를 배우자고 권했다. 아버지에게 테니스 학원 보내달라고 했는데 또 반대하셨다.

중학교에 올라가서는 야구나 테니스보다 농구가 대세였다. 만화책도 〈슬램덩크〉가 인기였다. TV에서는 손지창이 180도로 몸을 돌려서 마지막 승부를 펼쳤다. 당시 실업팀의 한 농구선수는 시합이 없던 주말마다 아이들에게 농구를 가르쳐주곤 했다. 역시나 친구들은 나에게 함께하자고 권유했다. 나는 반대왕 아버지 대신 어머니를 졸랐다. 이번엔 어머니가 반대하셨다.

캐치볼도 안 해주고, 그렇다고 운동도 안 시켜주는 엄마, 아빠가 당시에는 좀 미웠다. 저한테 왜 그러셨어요?

세월이 흘러 내 배는 점점 튀어나오는데 아버지의 배는 많이 들어갔다. 운동을 안 하시던 아버지가 골프를 시작한 거다.

고백하자면 삼십대 후반인 지금 처음 골프채를 휘두른 건 아니다. 내가 이십대 중반이 되었을 때 아버지는 나에게 같이 골프를 치자고 권유하셨다. 아버지의 권유로 7번 아이언을 한동안 연습했던 시간이 있었다. 그때 나는 젊고 건강했다. 가만히 있는 공을 치는 골프보다 농구나 야구, 축구처럼 살아 움직이는 공놀이가 좋았다. 골프에 취미를 붙이지 못한 나는 얼마 못 가 골프 연습을 그만두었다.

십수 년이 흘러 골프 연습을 다시 해야겠다고 다짐했을 때 아버지는 골프채와 골프 가방을 사주시고는 같이 필드에 나가길 소망하신다. 삼십대 후반이 된 나와 육십대 노인이 된 아버지의 부자 간 로망이 이제야 이루어지는 걸까. 어릴 때 함께하지 못한 캐치볼의 로망을 삼십여 년이 지나 필드 위에 같이 서서 누릴 수 있을까?

어릴 때 아버지와 함께 공놀이하기 원했던 나의 소망은 이루어지지 못했고, 세월이 흘러 나와 함께 골프를 치길 원하셨던 아버지의 소망은 이루어지지 못했다. 한참의 세월이 흘러서야 부자 간에 같은 운동을 하게 된 셈이다. 다시 골프채를 잡아야겠다고 다짐했던 데는 주변 지인들의 권유도 있었지만, 이런 아버지와의 로망이 있기도 했던 것이다.

아버지와 같은 취미를 갖고 같은 공간에서 같은 시간을 보내는 것은 꽤나 멋진 일임이 분명하다. 그게 캐치볼이든 골프든. 점점 노쇠해져가는 아버지와 이런 로망을 나눌 시간이 앞으로 얼마나 있을까. 나보다 조금 앞서 골프를 시작한 한 지인은 인스타그램에 골프 연습 동영상을 올리면서 이런 문구를 적기도 했다.

'놀랍게도 배우는 것만으로도 효도.'

나는 그 문구를 보고 고개를 끄덕였다. 그래. 맞아. 격하게 인정. 본격적으로 골프 연습을 하기에 앞서 나는 아버지가 사 주신 골프채를 보며 아버지와 함께 필드에 서는 로망을 다시 꿈꾸기 시작했다. 그 꿈속에서는 아주 오래전 유년 시절의 내가 되살아나고 있었다.

아버지의
선물

어린 시절 봤던 유머 글이다. 경상도 남자가 집에 가면 하는 말이 딱 세 마디랬나.

"아는?" (아이들은 별일 없이 지냈습니까?)
"밥은?" (배가 고프군요. 저녁을 함께 먹을까요?)
"자자." (고단한 하루였습니다. 이제 잠을 자도록 합시다.)

이 정도까지는 아니지만, 내 아버지 역시 경상도 남자답게 말투가 따듯한 편은 아니다. 그리고 그 피는 나에게 고스란히 이어졌으니 시간이 흘러 아버지와 나는 그야말로 과묵한 부자 지간이 되었다.

경상도 집안이라 그랬던 건지 어려서는 기념일 같은 것도 모르고 살았다. 유치원 다닐 때 선생님이 "여러분 오늘은 크리스마스이브예요. 즐겁게 보내세요." 했을 때, 나는 크리스마스라는 게 어제는 1부였고, 오늘은 2부고, 내일은 3부인가 했었다.

이브를 2부로 알아들은 것이다. 집에서 크리스마스 같은 걸 챙기진 않았으니까.

어느 해 크리스마스에는 잠자고 일어났더니 머리맡에 바나나(당시에는 비쌌다.)가 있어서, 그때서야 산타클로스라는 게 존재하는가 싶기도 했다.

아버지가 나를 위해 해주신 일 중에 유독 기억에 남는 일이 있다. 초등학교 2학년 때 간판 일을 하시던 아버지가 학교에 오셨다. 다른 친구 아버지들은 학교에 올 때 양복 입고 오던데, 아버지는 빛바랜 남색의 회사 작업복을 입고 오셔서 당시에는 그게 좀 부끄럽기도 했다. 그때의 아버지 모습을 부끄러워하지 않아도 됐다는 걸 깨달은 건 한참의 시간이 흘러서였다.

지금도 그런지는 모르겠지만, 어린 시절에는 왜 그렇게 학교에서 부모님의 학력과 직업을 궁금해했을까. 선생님은 아버지가 간판 일을 하시는 걸 알고서 부탁을 하셨나 보다. 교실에는 허접하게 종이로 만든 수업 시간표가 있었는데, 아버지는 당시에는 흔하지 않던 아크릴을 가공하여 누가 봐도 깔끔한 시간표를 만들어 오셨다. 아버지는 돈을 받지 않으셨고, 대신 나는 선생님에게 공책 열 권을 받았다.

그걸 본 옆 반 선생님은 아버지에게 또 부탁을 했고, 아버지는 또 한 차례 아크릴로 옆 반 시간표를 만들어주셨다. 예의 그 작업복 차림으로 학교에 오셔서는, 아버지는 또 돈을 받지 않으셨고, 나는 또 공책 열 권을 받았다.

이때의 일이 유난히도 기억에 남은 것은 아버지가 나에게 직접 무언가를 해주신 건 아니지만, 내 주변에 무언가를 해드리면서 아들의 기를 살려주었기 때문이다. 나는 그 덕에 한동안 학교 선생님의 예쁨을 받았으니까. "우리 경이 아버지가 멋진 시간표를 만들어주셨어요. 우리 경이에게 박수 한번 칠까요?" 뭐 이런. 생각해보면 공책 열 권과 친구들의 박수에 아버지는 비싼 아크릴과 인건비, 당신의 시간을 쓰신 셈이다. 그저 아들을 위해서.

아버지는 이렇게 기념일을 챙기면서 자식들에게 무언가를 안겨주기보다는 은근슬쩍, 뜬금없이, 갑자기 해주는 일이 많았다. 나에게든, 내 주변에든. 골프채를 사주신 것도 아무런 기대가 없었던 터라 놀랄 수밖에 없었다.

아버지가 주신 골프 가방에는 총 열하나의 골프채가 들었다. 골프채는 활용에 따라 크게 우드, 아이언, 웨지, 퍼터로 나뉜다. 우드와 아이언에는 숫자가 붙어 있고, 그 숫자가 작을수록 공의 비거리가 멀리 나온다.

우드는 가벼우면서도 헤드가 크고 채가 길어서 공을 멀리 보낼 때 쓴다. 아버지가 주신 골프채에는 1번, 3번, 5번 우드가 있고, 흔히 1번 우드를 드라이버라고 부른다.

아이언은 우드보다 짧은 거리를 보낼 때 쓰고 정확도를 중요시한다. 나에게는 5, 6, 7, 8, 9번 아이언이 있다.

아이언과 생김새가 비슷한 웨지는 홀컵까지 100m 이내의 짧은 거리에서 쓴다. 홀컵 가까이 공을 붙일 때 사용하며 나에게는 피칭웨지, 샌드웨지가 있다.

마지막으로 퍼터는 그린 위 홀컵에 공을 굴려 넣는 목적으로 쓴다.

각각 무게와 길이가 다른 여러 골프채 중 평균이자 기본이 되는 7번 아이언을 연습하고서는 다른 채들을 휘둘러 가겠지. 골프채와 가방이 생겼고, 스포츠 센터 등록도 마쳤다. 여전히 생겨나지 않는 것이 하나 있으니 그것은 바로 나의 의지.

아버지와 함께 같은 운동을 하고 싶은 마음은 들면서도, 한편으론 과연 내가 꾸준히 골프 연습에 매진할 수 있을지 생각해보았더니 역시나 장담 불가다. 골프를 향한 의지가 필요한 순간. '의지'의 뜻은 어떠한 목적을 실현하기 위해 자발적으로 행동하게 되는 내적 욕구다.

그런데 내가 골프를 시작하는 게 완전 자발적인 건 아니잖아! 나는 〈가시나무〉도 아닌데 내 속에 내가 너무 많다.

골프, 잘 할 수 있을까?

생애 첫
골프화

스포츠 센터에 등록하고 드디어 골프 연습의 첫날이 왔다. 연습장은 그야말로 아파트 입주민들만을 위한 자그마한 시설을 모아놓은 곳이다. 골프 연습을 할 수 있는 타석은 여섯 군데가 있었다. 사람들이 몰리면 어쩌나 걱정했지만, 대개는 기다리지 않고 칠 수 있을 정도로 돌아가고 있었다.

연습장 구석에는 홀컵이 있어서 퍼팅 연습을 할 수 있는 공간도 마련돼 있었고, 대형 스크린이 있어서 오천 원을 내면 스크린 골프를 칠 수도 있었다. 시설은 허름하지만 초보 골퍼에게 필요한 모든 것이 있었다. 나에겐 이 모든 것이 새로워 보이는 공간이었다. 연습장이 지하실에 있어선지 연습을 시작한 첫날은 좀 추웠다. 1월의 어느 날이었다. 난로와 열풍기가 열심히 돌아가고 있었지만, 바닥에서는 냉기가 올라왔다.

아버지가 사주신 골프채에서 연습의 기본이 되는 7번 아이언을 들고 스윙 타석에 들어섰다. 왼손에 장갑을 끼고 7번 아이언을 든 나는 권 코치님을 기다렸다. 레슨 날짜는 매주 월, 화, 목, 금. 레슨 시간은 각 15분이었다. 본격적인 레슨 전에 권 코치님은 나에게 골프를 처음 배우는 거냐고 물었다.

"십 년 전에 7번 아이언으로 연습을 좀 하긴 했는데요. 재미가 없어서 그만뒀거든요."

권 코치님은 허허 하는 웃음소리와 함께 "그래요? 구력이 십 년이 넘었네."라며 농을 치셨다. 코치님은 골프채를 잡으시곤 골프공을 직접 맞히는 부위의 헤드, 골프채의 몸통에 해당하는 샤프트, 손을 쥐어 잡는 그립 같은 골프채의 부분 명칭을 먼저 알려주셨다. 마치 아이에게 가나다라를 처음 알려주는 듯한 친절한 설명이었다.

그 후에는 골프채를 잡는 법을 알려주셨다. 골프채를 잡는 법은 깍지를 낀다거나, 야구배트를 잡는 식으로 몇 가지가 있었는데, 나는 왼손 검지와 오른손 새끼 깍지를 끼는 방법이 가장 편했다. 십수 년 전에 했던 방식 그대로였다.

어렵지 않게 그립을 정하자, 코치님은 백스윙 전에 팔을 뒤로 돌리는 준비 자세 테이크백Take Back을 알려주셨다. 그러고는 가볍게 스윙. 흔히 말하는 똑딱이의 시간이다. 이미 오래전에 한번 했던 거라 세월이 흘렀음에도 낯설지 않았다. 꾸준하진 않았어도 몸뚱아리는 기억하는 법.

그래선지 똑딱이는 참 재미가 없다. 힘을 들이지 않고 팔을 들었다가 공만 맞히는 연습이라 많은 초보 골퍼들이 재미없어 한다고 했다. 그래도 첫날이기에 무리하지 않았다. 레슨을 받고 시곗바늘이라도 된 것마냥 열심히 똑딱 똑딱 하고 있었는데, 옆에 계신 영감님 한 분이 나를 보며 말을 거셨다. 호통과 권유, 그 사이 어디쯤의 말투였다.

"어허, 골프화 신고 해야 되는데."

아, 이것은 신입을 향한 텃세인가. 연습하기 전에 이미 권 코치님에게 골프화가 없으니 오늘은 그냥 운동화를 신고 하겠다고 말해두었던 참이었는데 갑작스러운 압박감이 몰려왔다. 이런 작은 공간에도 텃세라는 게 존재하는 것인가.

"아, 네네. 제가 오늘 첫날이라서요. 다음부터 골프화 신고 올게요."

골프 연습장에는 나름의 규칙과 질서가 있었다. 연습하다가 바닥에 공이 많으면 누군가 "공 좀 줍고 합시다."라는 말을 했고 사람들은 스윙을 멈추고 공을 주웠다. 스윙 타석과 사람 지나는 길 사이가 좁아서 아무 생각 없이 다니다간 골프채에 몸을 다칠 수도 있었다. 그럴 때는 꼭 "지나가겠습니다."라는 말을 하고 걷자는 규칙 또한 있었다. 골프화를 신는 것도 분명 연습장의 규칙과 질서를 지키기 위한 한 부분일 것이다.

나는 이내 텃세라는 생각을 지우고는 골프화를 사야겠다고 마음먹었다. 골프채와 장갑만 있으면 연습이 될 줄 알았는데 골프화도 필요하구나. 마침 골프 연습을 한 첫날은 금요일이었기에 한 시간 정도 똑딱이 연습을 하고서 다음 날 가족과 근처 아울렛에 갔다. 예전 같으면 쳐다보지도 않았을 골프 용품을 파는 곳이 목적지였다.

아버지 생신 때 가끔 골프 의류를 선물한 적이 있었기에 골프 용품이 비싼 줄은 알고 있었지만, 골프화는 생각보다 훨씬 비쌌다. 아울렛에서 파는 대부분의 골프화는 이, 삼십만 원이 훌쩍 넘어갔다. 어릴 때는 나이키 같은 비싼 운동화를 신으며 부모님의 등골을 접어드렸지만, 아저씨가 되고서는 사, 오만 원 하는 단화를 즐겨 신는다. 매장에서 본 골프화 가격은 부담스러웠다. 괜찮아 보이는 신발은 모두 고가였다.

그래도 아울렛은 아울렛이다. 눈에 불을 켜고 돌아다녀 보니 할인율 70%의 매장이 눈에 띄었다. 브랜드에 약한 나는 처음 보는 브랜드였다. 그곳에 진열된 골프화의 디자인은 대체로 화려했다. 나는 서둘러 신발장을 스캔하며 가장 싼 신발을 찾아냈다.

하얀색에 금색 무늬가 박혀 있는 신발이었다. 정가는 25만 원이었지만, 할인의 힘으로 7만 원에 판매 중. 그런데 남성용인지 여성용인지 구별이 되지 않는 디자인이었다. 가게 직원에게 "이거 남녀 공용인가요?" 물었더니, 그렇다는 대답이 돌아왔다. 아, 이게 그 유니섹스라는 거구나. 나는 패션 피플이 아니다. 이미 디자인보단 가격이 중요해진 상황. 사이즈만 맞으면 사야겠다는 생각이 들었다.

안타깝게도 평소 신는 신발보다 한 치수 작은 신발만이 있었다. 욱여넣으니 발은 들어갔지만 오랜 시간 신고 다니면 분명 발이 아플 것 같았다. 그 광경을 지켜보던 직원이 말했다.

"좀 빡빡하더라도 신고 다니시면 신발이 늘어나서 괜찮을 거예요."

직원의 의견에 그대로 동의. 그길로 평소에는 절대 신지 않을 것 같은 화려한 디자인의 골프화를 샀다. 골프화를 샀더니 매장에서는 골프화를 담을 수 있는 가방도 주었기에 무언가 득템한 기분마저 들었다.

"원래 골프화를 사면 신발 가방도 주시나요?"

"다른 데는 모르겠는데 저희는 사실 때마다 드리고 있어요."

오오, 좋은 브랜드구나. 내가 산 골프화 바닥에는 스파이크라 불리는 까만색 징이 박혀 있다. 밟히면 무척이나 아플 것 같은 까만 징. 골프화는 이렇게 징이 박혀 있다는 사실도 골프화를 사면서 처음 알았다. 골프화를 사고서야 골프의 세계는 지금껏 내가 살아왔던 세계와는 많이 다르다는 것을 실감했다.

내가 모르던 세계로 진입하는 순간엔 두려움이 있지만 일단 그 세계에 발을 들여놓으면 그 어떤 재미난 일이 펼쳐질지 모른다. 골프화가 담긴 가방을 들고서 나는 새로운 세계에 발을 들인 기분이 들었다. 하얀색에 금색 무늬가 새겨진, 까만색 징이 박혀 있는 내 생애 첫 골프화. 당분간은 나와 함께할 친구다. 그런데 나는 내가 산 골프화의 브랜드 이름을 아직도 모르겠다.

아래로
찍으세요

골프채도 있고 장갑도 있다. 골프화와 더불어 골프화를 담을 수 있는 가방까지 생겼다. 이 제는 모든 게 갖추어졌다. 더 이상 골프화를 신어야 한다는 이 를 모를 영감님의 압박도 없다. 본격적으로 골프 연습에 매진 해야 할 시간이다.

보통 초보 골퍼들이 똑딱이를 거치는 시간은 얼마나 될까. 사흘? 나흘? 혹은 일주일? 당장 석 달 뒤 필드에 나가기로 약 속한 나는 마음이 급해졌다. 나의 급한 마음을 알아채셨는지 권 코치님은 하루 만에 똑딱이보다 좀더 팔을 뒤로 올리는 백 스윙과 채를 아래로 내려서 휘두르는 다운스윙을 알려주셨다. 똑딱이보단 훨씬 근사한 시간이었다.

그런데 똑딱이를 지나자 공은 생각만큼 잘 맞질 않았다. 정 말 희한한 일이다. 야구나 축구, 농구처럼 이리저리 살아 움직 이는 공놀이는 익숙한데도 가만히 있는 작은 공을 앞으로 날 려 보내는 일이 이렇게나 어렵다니. 코치님은 자세 교정과 함께 몇 가지 팁을 알려주셨다.

"다운스윙할 때 공을 퍼 올린다는 생각하지 말고, 아래로 찍어 내린다고 생각하세요. 마치 도끼질을 하듯, 로프를 잡아당기듯이."

전형적인 '문돌이'인 나는 사물의 움직임이 신기하다. 골프채를 휘둘러 골프공을 앞으로 멀리 보내려면 당연히 스윙을 퍼 올려야 한다고 생각했는데, 아래로 찍어 내리듯 스윙을 해야 공이 잘 나간다니 그것이 사실이요? 그런데 코치님 말대로 아래로 찍어 내린다는 생각을 하고 스윙을 하니 정말로 공이 잘 나갔다.

무게 중심을 왼발에 두고, 공은 약간 뒤쪽에서 보고, 양팔을 모은 후 왼팔을 쭉 펴서 테이크백—백스윙 그리고 아래로 찍어 내리듯 다운스윙. 이 간단한 순서의 운동도 한 시간을 하니 땀이 났다. 첫날 냉기가 올라온다고 느꼈던 연습장은 본격적인 스윙 연습에 들어가자 오히려 덥다는 느낌이 들 정도였다.

아래로 찍으라는 코치님의 팁을 기억하며 스윙 연습을 하니 공이 잘 맞을 때도 있지만, 그렇지 않을 때도 있다. 자세를 의식하고 생각이 많아지면 공은 점점 엉뚱한 곳으로 날아갔다. 아무 생각 없이 골프채가 난지, 내가 골프채인지 모를 정도로 물아일체가 된 후 스윙을 할 때 오히려 공은 잘 나갔다.

이런 경험이 언제 있었던가. 처음 면허를 따고 차를 몰 때가 생각났다. 초보 드라이버 시절엔 좌우 앞뒤 이것저것 살펴가며 운전을 하다 보니 생각이 많아지고 급제동과 급출발하기 일쑤였다. 어느 정도 운전이 익숙해질 때쯤 아무런 생각 없이 운전할 때가 되어서야 운전이 조금 쉬워진 경험을 스윙 연습을 하면서 다시금 떠올린 것이다.

그럼에도 반드시 인지하고 있어야 할 것이 있다면 아래로 찍어 내리듯 스윙하라는 것이다. 이걸 잊고서 스윙하다 보면 이내 퍼 올리듯이 스윙을 하게 되고 임팩트는 무너졌다. 대부분의 실내 골프 연습장이 그렇듯 타석 전면과 상단, 좌우에는 녹색의 그물망이 있고 타석 바로 앞에는 홀컵 위 빨간 깃발과 잔디가 그려진 하얀 천막이 걸려 있다.

좌우에서는 구력이 꽤나 오래돼 보이는 아저씨들이 호쾌하고 유연한 스윙을 한다. 아저씨들이 스윙할 때마다 세 가지 소리가 났다. 골프채가 공을 맞히는 임팩트 순간에 '탕' 소리가 나고, 골프채가 돌아가면서 '슉' 소리가 나고, 공이 천막에 가서 부딪히는 그 순간에는 천막이 깊숙이 패이면서 '픽' 소리가 나는 것이다.

이 소리들은 시간차가 느껴지지 않을 만큼 거의 동시에 난다. 스윙 연습을 하면서 좌우에서 탕! 슉! 픽! 탕! 슉! 픽! 소리가 나면 나는 조금 움츠러들었다. 유난히 옆에서 크게 탕슉픽!

소리가 나면 실제로 몸이 움찔거리기도 했다.

왜 내가 스윙을 하면 탕, 슉, 픽이 아닌 그보다 약한 팅, 쉭, 툭 같은 소리가 날까. 의성어만으로는 온전히 전달할 수 없는 나의 고민이다. 나도 좌우의 여느 호쾌하고 유연한 아저씨 골퍼들처럼 스윙 때마다 탕! 슉! 픽! 소리를 낼 수 있을까 생각이 쌓이던 그즈음 아래로 찍어 내리듯이 스윙하라는 조언이 슬슬 몸에 익숙해졌다.

아아, 익숙함이 더해지자 드디어 난다. 그토록 바라던 탕! 슉! 픽! 소리가 내게서도 나기 시작한다. 스윙 연습을 하고 열흘 정도 지나자 옆 타석의 아저씨들과 얼추 비슷한 소리가 만들어진 것이다. 그런데 골프 연습만 하고 나면 왜 그렇게 탕수육이 먹고 싶어지는 걸까.

물집이
잡힙니다

백스윙, 다운스윙을 하고서는 팔의 운동 범위를 점점 넓혀갔다. 백스윙은 높아지고 다운스윙 후에는 팔을 앞으로 쭉쭉 뻗어 나갔다. 코치님은 팔을 앞으로 뻗은 후에는 '받들어총' 자세를 해야 한다고 알려주었다.

그렇게 스윙 연습을 하던 어느 날 코치님은 "받들어총 자세가 잘 안 나오네. 군대 안 갔다 왔죠?"라고 내게 물었다. 말꼬리가 올라갔지만 이것은 분명 질문을 가장한 단언이다. 스윙 자세만 보고서 군 복무 여부를 확신하는 코치님의 혜안이라니.

군대는 1, 2, 3급까지는 현역이다. 그 뒤로는 보충역과 면제, 재검의 등급이 있다. 이십여 년 전 나는 군대 신체검사 때 몸무게 미달로 2급, 시력 검사에서 3급을 받았다. 문제는 코였다. 코를 검사하는 시간에 군의관이 아픈 곳 있냐고 물었기에 나는 중학생 때 세 차례 축농증 수술을 했고 재발이 된 상태라고 했다. 축농증이 있다는 말에 군의관은 CT 촬영을 해보자고 했다.

같은 시간 신체검사를 받았던 또래 청년들은 이미 현역과 보충역 혹은 면제, 재검의 결과를 받아들였다. 어디선가는 환호했고 누군가는 시무룩하던 그 순간까지도 나는 CT 결과를 기다려야 했다. 한 시간여가 흐르고 CT 결과를 본 군의관은 내게 물었다.

"음. 생각보다 많이 안 좋네? 너 군대 가고 싶냐?"

나는 '아, 내 몸 상태가 나라를 지키기에 그렇게 모자란 몸뚱이인가⋯⋯.' 하는 불쌍한 표정을 지으며 대답했다.

"아니요."

결국 나는 부비동염 4급 판정을 받고 현역이 아닌 방위산업체로 군 복무를 마쳤다. 총이라 봐야 한 달간 훈련소에서 좀 쏴본 것과 소집해제 후 동원훈련장에서 몇 발 쏴본 것이 다다. 받들어총을 하는 제식훈련도 지금으로서는 전혀 기억에 없는 것이다. 골프를 배우다가 군대 안 다녀왔냐는 얘기를 듣게 될 줄은 꿈에도 몰랐다. 군대를 안 다녀왔다는 대답을 하자 코치님은 내 그럴 줄 알았다며 다시 자세를 알려주었다.

이처럼 코치님은 다른 무엇보다 자세를 중요시했다. 자세만 잘 잡으면 공은 저절로 맞을 거라고 했다. 나는 코치님의 조언을 받아들이고 올바른 자세를 위해 스윙 연습을 했다. 매일 한 시간씩 스윙 연습을 하다 보니 평소 쓰지 않던 근육들이 땅기고 아파왔다. 이런 근육통은 시간이 지나면 점차 나아졌기에 큰 문제가 없었지만, 손가락 마디에 잡히는 물집은 꽤나 번거로웠다.

코치님은 스윙할 때 주로 오른팔보다 왼팔에 무게 중심을 줘야 한다고 했다. 만화 〈슬램덩크〉에서 강백호가 슛을 쏘며 '왼손은 거들 뿐'이라고 했듯이 골프에서도 오른팔은 그저 거들기만 하는 역할인 듯했지만, 초보 골퍼로서 힘이 들어가는 것은 어쩔 수 없는 노릇이었다. 장갑을 착용하는 왼손은 멀쩡했지만, 맨손으로 그립을 잡는 오른손에 물집이 잡히기 시작했다. 한 군데도 아닌 검지, 중지, 약지에 동시다발로 물집이 올라왔다. 이런 동시다발 물집들은 '내가 먼저 부풀어 오를 거야!' 하는 전투적인 느낌마저 안겨주었다.

아버지에게 물집을 보여드렸더니 냉담한 반응이 돌아왔다. 아이고, 우리 아들이 열심히 골프 연습을 하고 있구나, 하는 칭찬까지 바란 것은 아니었지만 아버지의 반응은 생각보다 훨씬 냉혹했다. 물집이 잡힌 손을 보신 아버지는 "요령이 없어서 그렇지. 골프 하면서 물집 잡힐 일이 뭐가 있노?" 하셨다. 아아, 나는 사도세자가 된 기분이 들었다. 아버지와의 골프 로망은 과연 이루어질 것인가.

어느 날은 오른손에 잡힌 물집 때문에 스윙 자체가 어려웠다. 물집은 터트리기도 가만히 놔두기도 애매한 상태였다. "물집 때문에 너무 아픈데요?"라고 하자 코치님은 기다려보라며 당신의 자리에서 밴드 하나를 가져다주었다. "이거 해요. 이거 골프 매장 가면 팔아. 물집 잡힌 데 쓰면 괜찮아." 코치님이 건네주신 것은 손가락 마디에 착용할 수 있는 밴드였다. 밴드를 착용하자 물집이 잡힌 자리를 온전히 감싸주었기에 아픔이 느껴지지 않았다.

"이거는 골프 매장 가면 팔고. 그 뭐지, 그 바느질 할 때 손가락에 끼우는 거, 그건 약국에 가면 파는데, 고문데 이름이 생각 안 나네."

"골무요?"

"아, 그래요. 골무. 골무도 사서 손가락에 끼우면 좋아."

바느질도 아니고, 골프 한다고 손가락에 골무를 끼우는 모습을 상상하니 왠지 흉측해 보일 것만 같았다. 결국 다음 날 회사 주변 골프 용품 매장에서 손가락 마디 밴드를 샀다. 매장에서 본 골프 용품의 세계는 무궁무진해 보였다. 그렇게 나는 새로운 아이템을 몸에 장착하고 HP를 상승시켰다.

골프는 배우면 배울수록 어려운 순간들이 다가왔지만, 그 어려운 순간들을 이겨낼 수 있는 아이템과 방법들이 즐비했다.

예전과 달리 어쩐지 골프가 조금은 흥미로워졌다.

2

골프에 빠지는 중입니다

자세가
괜찮아요

골프 연습장에 몸을 들인 지 한 달이 되었다. 그동안엔 똑딱이를 시작으로 풀스윙 대비 절반 정도 팔을 올리는 하프스윙과 4분의 3 정도 팔을 올리는 스리쿼터스윙을 해왔다. 시간이 흐를수록 점점 팔을 올리다가 연습 한 달 만에 드디어 풀스윙 자세에 들어갔다. 백스윙은 필요한 만큼 올라갔고, 다운스윙 후 두 팔은 받들어총 자세에서 뒤통수 뒤로 넘기는 완연한 피니쉬 자세도 배웠다.

피니쉬 자세에서 오른쪽 엄지발가락을 세우고 옆구리를 활처럼 살짝 휘자 근육이 땅겼다. 갑자기 무게 중심이 이동하면서는 피니쉬 자세 때 비틀거리기도 했다. 소주 한 잔 안 마시고도 벌어지는 취객 코스프레. 중심을 못 잡고 흔들릴 때마다 코치님은 자세를 바로잡아주었다. 골프는 전신운동이라더니 그말이 맞나 보다. 그동안 골프를 너무 쉽게 봤다.

여전히 손에는 7번 아이언이 잡혀 있다. "지금 스윙 열 번 해서 여덟 번 정도 좋은 공 나오면 그때 드라이버 잡습니다." 코치님은 내게 각오하라는 듯 일렀다. 열 번 중에 여덟 번이나. 흔히 말하는 십중팔구의 그 십팔 아닌가. 그런 날이 언제 올까 싶었다. 그때 코치님은 내게 한마디를 더 건넸다.

"자세가 중요해요. 자세가. 필드 나가서 자세만 괜찮아도 일단 먹고 들어간다고. 공 치고 나면 실력이 금방 뽀록나긴 할 텐데 지금 공 치는 거 보면 감이 괜찮아. 운동신경도 있는 거 같고, 자세도 괜찮아요. 아주 좋아."

가끔 스윙을 봐주시던 코치님이 "나이스 샷, 굿 샷" 하신 적은 있지만 이렇게 자세까지 칭찬해준 것은 처음이었다. 칭찬은 고래도 춤추게 한다던 제목의 책도 있지 않던가. 코치님의 칭찬을 듣자 나는 고래가 된 것처럼 춤을 추고 싶어졌다. 얼쑤.

코치님이 자세 칭찬을 해주었지만 내가 어떤 모습으로 공을 치는지는 알 수 없어 궁금했다. 골프 연습을 하는 타석 바로 앞에는 전신 거울이 있지만, 스윙할 때 그 거울이 눈에 들어올 리 없다. 거울을 봤자 골프채를 들고 있는 배 나온 아저씨만 있을 뿐이다. 무엇보다 거울을 보고 스윙하다간 골프채가 어디로 날아갈지 모를 일이다.

연습장 운영 마감 시간은 밤 10시 반이다. 코치님은 그보다 이른 10시쯤 퇴근한다. 코치님에게 칭찬을 들은 그날은 내 스윙 자세를 눈으로 직접 확인해보고 싶었다. 그렇다고 내가 누군가에게 내 스윙 모습을 카메라에 담아달라고 말할 정도로 적극적인 사람은 아니다.

밤 10시가 넘자 코치님은 퇴근하시고 연습을 하던 다른 이들도 모두 집으로 돌아간 뒤였다. 연습장에는 나 혼자 남게 되었다. 기회다. 무슨 기회? 셀카 찍을 기회. 타석 뒤쪽 의자에 휴대폰을 비스듬히 걸쳐놓고 동영상 버튼을 눌렀다. 그러고는 평소처럼 스윙을 했다.

얼굴이 못생겨 평소 셀카도 찍지 않는 내가 세 번의 스윙을 하고 세 번의 동영상을 찍었다. 시인 나태주는 자신의 시 〈풀꽃〉에서 오래 보아야 사랑스럽다고 했던가. 내 스윙은 얼핏 봐야 그나마 봐줄 만했다. 휴대폰에 찍힌 동영상에는 머리숱이 점점 줄어드는 배 나온 아저씨가 질펀한 궁둥이를 돌려가며 나름 열심히 골프채를 휘두르고 있었다.

칭찬을 듣고서 동영상 촬영 후 내 모습을 본 나는 춤을 추어야 하나 말아야 하나 고민했다. 얼핏 보았을 때와 달리 몇 번을 돌려 다시 보니 어딘가 구부정해 보이는, 완연한, 속일 수 없는 초보의 스윙이었다. 상상으로는 무척이나 유연한 스윙을 그렸는데 동영상 속 내 모습은 그 정도까지는 아니었다.

많은 아마추어 골퍼들이 프로 선수의 스윙 자세를 따라 한다고 한다. 아마추어 골퍼들이 프로 선수의 자세를 흉내 내는 것은 어려울뿐더러 오히려 부상의 위험까지 있다는 얘기를 들었다. 프로 선수들은 워낙 유연했던 어린 시절부터 훈련을 해왔기 때문에 뒤늦게 골프를 시작한 아마추어들은 결코 따라할 수 없다는 얘기였다.

뱁새가 황새 따라가다 가랑이 찢어진다는 속담이 있다. 이미 굳을 대로 굳어버린 몸으로 프로 선수만큼의 유연한 스윙을 바라는 건 분명 욕심일 거다. 조금이라도 몸이 유연했던 젊은 날 골프를 시작했다면 지금보다 훨씬 좋은 자세가 나올 수 있었을까. 칭찬을 듣고서 내 자세를 확인해본 그날 밤엔 진작에 골프를 배우지 않았던 지난 세월이 조금은 아쉽게 여겨졌다.

커피와
어른들의 말

🌼 스포츠 센터 입구에는 정수기가 있다. 정수기 위에는 믹스커피가 있어서 골프 연습을 하는 회원들이 가끔 커피를 타 먹기도 한다. 나도 커피를 마시지만 연습장에서는 마시지 않는다. 회사에 머무는 한낮에 이미 카페인 과다 복용 상태가 되기 때문이다.

내가 주로 마시는 건 캔커피다. 편의점에서 하나를 사면 하나를 더 얹어주는 그런 싸구려 행사용 캔커피를 가장 좋아한다. 뜨끈한 커피보다는 냉장고에 있는 시원한 캔커피를 주로 마시는 나는 평소에 믹스커피를 살 일이 없다.

어느 날 코치님이 스윙 자세를 봐주면서 한마디하셨다.

"내가 코치한 회원들이 자세가 예쁘게 나오면 고맙다고 커피를 사다 주고 그래요. 나는 커피를 안 마시는데 여기 회원들이 마시거든. 나는 커피 안 먹어. 허허. 지금 자세가 예뻐요."

아, 이건 분명 어른들의 말이다. 은연중에 과거 일을 가지고 오면서 내 자세가 예쁘니 커피를 사 오라는 은근한 바람인 것이다. 스포츠 센터 등록을 하던 날 회비 오천 원 때문에 호구 취급을 받는 게 아닐까 생각했던 나는 또 생각에 빠졌다. 커피를 사 오라는 거야? 자세가 예쁘다는 거야? 내가 내린 결론은 둘 다.

나도 곧 불혹이다. 세상일에 정신을 빼앗겨 판단이 흐리게 되는 일이 없다는 불혹. 그럼에도 나는 아직 어른들의 말이 어렵다. 과거 방위산업체 시절 회식하고서 여직원들이 모두 집으로 돌아가면 남아 있던 남자들의 눈빛은 음흉하게 변했다. 기다렸다는 듯이 누군가 "우리 좋은 데 갑시다."라고 하면 나는 그 좋은 데가 어디를 뜻하는지 몰랐다.

좋은 데가 대체 어디야. 인테리어가 예쁜 디저트 집인가? 훗날 남자 어른들이 말하는 좋은 데가 소위 말하는 유흥업소라는 걸 알았을 때 어른들의 말은 참 어렵다고 느꼈다. 누군가가 말하는 좋은 데는 노래방일 수도 있겠고 누군가의 좋은 데는 룸살롱일 수도 있겠다. 지금도 그렇지만, 어린 시절 내게 그런 곳은 전혀 좋은 곳이 아니었다.

2002년 겨울에는 이런 일도 있었다. 그해 여름에는 지금은 전설이 된 박지성, 이영표, 안정환 등의 태극전사들이 대한민국 축구를 월드컵 4강으로 이끌었다. 월드컵의 열기가 채 식기 전이던 겨울, 회식이 끝나고 모두 얼큰하게 술에 취했을 때 직장

동료 형이 나에게 말을 걸었다.

"어이, 이경. 우리 지난여름 월드컵 때 좋았잖아? 우리 가자. 월드컵으로 다시 돌아가자."

아, 이 형은 팍팍한 회사생활 속에서도 낭만이란 게 있구나. 과거 추억을 아름답게 그려내는 사람이구나. 그런데 월드컵으로 다시 돌아가자니. 이게 무슨 말이지, 생각했을 때 그는 나를 월드컵 성인 카바레로 데리고 갔다. 그날 나는 태어나서 처음으로 금발의 러시아 무희들 춤사위를 봤다.

이제 곧 불혹인 나는 여전히 어른들의 말이 어렵고 생경하다. 그냥 룸살롱 가자고 하거나, 카바레 가자고 하면 될 것을 어른들은 은근히 돌려 말한다. 코치님은 분명 나에게 어른들의 말로 커피를 바라고 있다. 응해야 하나, 말아야 하나. 뭐, 내 스윙 자세가 초보치곤 나름 괜찮다는 생각은 해왔지만 이렇게 은근히 무언가를 바라는 코치님의 말을 들으니 그리 유쾌한 기분은 아니었다.

며칠 후 가족들과 마트에 갔을 때 커피 코너를 돌아봤다. 과대 포장의 세상은 과자에만 국한된 것은 아니었다. 똑같은 커피인데도 비닐 포장된 커피는 박스 포장된 커피보다 가격이 훨씬 저렴했다. 믹스커피 100봉지가 들어간 비닐 포장 커피의 가격은 만 원이 조금 넘었다. 점점 괜찮아지는 스윙 자세를 알

려주는 것에 대한 고마움의 표시로 만 원 정도는 큰 부담이
없었다.

　결국 가족과 함께 장을 보던 그날 나는 믹스커피 100봉지가
들어간, 상대적으로 저렴한 비닐 포장의 커피를 사서 스포츠
센터에 갖다 놓았다. 마침 정수기 위에는 커피가 다 떨어져 있
었다. 코치님에겐 "저, 커피 사 왔어요. 드세요."라는 말과 함께
그날의 연습을 시작했다.

　돈 만 원을 써서 고마움을 표시하고 회원들과 함께 믹스커
피를 나누는 것은 그리 어렵지 않은 일이다. 과거 좋은 데 가
자는 어른들의 말을 바로 알아듣지는 못했지만, 소소하게 커피
를 바라는 어른의 말은 이제 알아듣는 나이가 된 걸까.

　코치님. 제 자세가 조금 더 예뻐지면 그때는 200봉지 담긴
커피를 사 갈게요. 대신 포장은 비닐 포장입니다. 과대 포장된
커피는 사양할게요.

유튜브를
봅니다

골프를 배우고 한 달이 지나
자 삶에서 하나둘 변화가 찾아왔다. 손가락 마디에 물집이 잡
힌다거나, 방바닥을 물걸레질하면서 그립을 잡아본다거나 하
는 일이다. 물걸레를 골프채 삼아 그립을 잡는 연습을 하고 있
으면 어느샌가 아내의 "얼씨구" 하는 소리가 들려오고 나는 아
무 일도 없었다는 듯이 다시 방바닥을 닦는 것이다.

골프 레슨을 받는 것은 아내의 넓은 아량과 배포가 있었기
에 가능한 일이다. 그렇기에 골프와 관련되어 아내의 입에서
'얼씨구' 소리가 나오는 것은 두려운 일이었다. 마음속으로는
아내의 "얼씨구" 멘트에 "절씨구" 하고 드립을 치고 싶었지만,
아내의 코털을 건드려서는 안 된다. 그럼에도 서서히 골프와 관
련된 일들이 내 시간을 나눠 쓰기 시작했다. TV 채널도 그중
하나다.

주변에 골프에 빠져 사는 사람들이 있다. 가깝게는 우리 아
버지. 본가에 가면 아버지는 항상 골프 채널을 보고 계신다. 국

내외, 남녀, 프로와 아마추어 시합 가리지 않고 보신다. 내가 보기엔 맨 똑같은 모습들.

똑같은 코스에서 수십 명의 사람이 돌아가며 공을 치고 홀 컵에 공을 넣는 모습이 뭐 그리 재미있을까 싶었다. 골프 채널을 보는 시간에 차라리 종영한 〈무한도전〉 재방송을 보는 것이 내 삶을 더 이롭게 하지 않을까라는 생각을 했다. 그러던 내가 TV 채널에서 골프 방송을 보기 시작한 것이다.

평소 내가 주로 보던 TV 방송은 스포츠 채널이다. 다만 골프 채널은 아니었다. 우리 집에서 골프 채널은 없는 채널이나 마찬가지였다. 내가 거실에서 쉴 때 틀어놓는 방송은 유럽의 축구 시합이나 미국의 농구, 야구 시합이다. 메이웨더가 매니 파퀴아오나 코너 맥그리어와 긴장감 전혀 없던 세기의 대결을 펼칠 때는 해당 방송을 보기도 했지만 골프 채널을 보진 않았다.

물론 내게도 기억에 남는 골프 명장면들은 있다. 골프여제라 불리는 박인비가 올림픽에서 금메달을 확정 짓는 장면이나, 박세리가 신발과 양말까지 벗고서 워터 해저드에 들어가 샷을 하고 가수 양희은의 〈상록수〉가 흐르는 장면은 너무 많이 봐서 잊히지 않을 정도다. 박세리의 새하얗던 맨발은 까맣게 그을린 다른 신체 부위와 대비되면서 커다란 감동을 선사하기도 했다.

그럼에도 나는 골프 방송이 재미없었다. 골프를 배우기 전까지는. 골프를 배우기 시작하면서 축구, 농구, 야구 등만 보던 내가 리모컨을 들고서는 서서히 골프 채널을 돌려보고 있다. 아버지와 마찬가지로 국내외, 남녀, 프로와 아마추어의 시합을 본다. 어떤 채널은 스크린 골프 시합만 틀어줘서 그것은 그것대로 나름의 재미가 있다.

골프 채널을 틀어놓으면 어느새 아내의 입에서는 "얼씨구" 소리가 나오기에 "아니, 그냥 한번 틀어봤어."라는 말과 함께 아내가 보는 드라마 채널로 이내 돌려놓고서는 리모컨을 아내에게 전달한다. 리모컨을 빼앗긴 나는 모바일로 시선을 돌린다. 유튜브에서 골프 채널을 구독하고 보는 것이다. 유튜브에서 즐겨 보는 것은 아마추어 유명인들의 골프 동영상이다. 예능인 이경규나 홍인규가 진행하는 골프 방송을 보기도 하고 야구선수들이 비시즌 기간에 골프를 치는 프로그램 등을 본다.

마운드 위에서는 시속 150km 속도의 강속구를 던지는 명투수나 타석 위에서는 담장 너머로 뻥뻥 홈런을 치는 타자들도 어쩐지 조그마한 골프공 앞에서는 엉거주춤하고 엉망인 스윙을 보여주기 일쑤다. 이렇게 운동신경이 남다른 현역 운동선수의 엉망인 스윙을 보고 있으면 왠지 모르게 나는 안도감이 드는 것이다.

나는 남의 불행을 보면서 기뻐하는 사람은 아니다. 그럼에도 독일어로는 샤덴프로이데Schadenfreude라고 불리는 이런 심리가 골프 채널을 보면서는 스리슬쩍 생겨나곤 한다. 뭔가 나도 할 수 있다는 자신감의 발로일까. 저들도 나와 다르지 않다는 안도감 때문일까.

흔히 골프는 매너 스포츠라고 한다. 누군가 좋은 스윙을 하면 동반자들은 박수를 치며 "나이스 샷, 굿 샷"을 외쳐주곤 한다. 아직 필드 경험이 없는 나는 TV나 유튜브에서 다른 이들의 엉망인 스윙을 보면서 허허허, 저것은 배드 샷이군 하며 웃는다.

골프 채널을 보면서 내가 모르던 나를 조우하는 것일까. 평소 골프는 혼자서 하는 스포츠라고만 생각해왔다. 남들이 옆에서 어떻게 치든 내 공만 잘 치면 된다고 생각했는데 TV 골프 채널과 유튜브 영상을 보니 생각이 달라졌다.

타인의 샷은 분명 나에게도 영향을 끼친다. 꼭 필드가 아니라 연습장에서도 마찬가지다. 누군가 좋은 스윙을 하면 시기, 질투가 나기도 하고 축하를 해주기도 한다. 누군가 나쁜 스윙을 하는 걸 보면 나도 그리 잘못되진 않았다는 안도감과 자신감이 들기도 한다. 내 공을 치는 것은 분명 나의 일이지만, 골프는 주변인들의 행복과 불행을 함께 껴안아 가며 앞으로 나아가는 운동처럼 느껴졌다.

어떤 스포츠든 사람들은 자신이 좋아하거나 하고 있는 운동이 인생과 닮았다고들 말한다. 야구인들은 야구가 그렇게 인생과 닮았다고 하고 축구인들은 축구가 또 그렇게 인생과 닮았다고 한다. 이렇게 세상에 마구 뿌려진 클리셰를 남발하고 싶진 않지만, 골프를 배우다 보니 골프 역시 인생과 닮았다는 생각이 드는 것은 어쩔 수 없는 일이다.

골프 채널을 보면서 워터 해저드와 벙커 같은 장애물을 넘어 앞으로 꾸역꾸역 나아가는 일이 꼭 세상살이와 비슷하다는 생각이 들었다. 아무래도 당분간 아내의 입에서 나오는 "얼씨구" 소리를 계속 들어야만 할 것 같다.

공놀이는
즐겁다

사실 골프를 좋아하지 않을 이유는 없었다. 어려서부터 축구, 야구, 농구 같은 온갖 종류의 공놀이는 다 좋아했으니까. 무엇보다 시각적으로 녹색 잔디가 주는 평온함을 사랑한다. 연애 시절에는 지금의 아내와 함께 상암 축구장이나 목동 야구장에 가곤 했다. 경기장에 들어서는 순간 두 눈 가득 담기는 녹색의 잔디는 아름다움 그 자체다. 아, 이너피스.

하물며 골프는 그 어떤 스포츠보다 녹색 잔디가 넓게 펼쳐진 환경을 자랑하지 않는가. 요즘에는 삼십대 후반에도 시작해서 즐길 수 있는 공놀이가 있다는 것에 새삼 고마운 생각마저 들었다. 내가 이런 생각을 하게 된 것은 순전히 내 몸 상태 때문이다.

나는 유년 시절부터 유독 공놀이를 좋아했다. 초등학생 때는 동네 야구선수였다. 집 앞의 어린이 놀이터는 야구장이 되어주었고, 놀이터 뒤에 위치한 벽돌담은 어떤 공도 받아주는

59

포수가 되어주었다. 동네 놀이터에선 두 사람만 있으면 투수와 타자를 번갈아 가며 야구를 할 수 있었다. 밤늦게까지 집에 들어가지 않아 엄마 속을 썩이던 그 시절에 나는 항상 야구를 하고 있었다.

지금도 천 원을 넣고 배트를 휘두를 수 있는 실내 야구 배팅장을 만나면 그냥 지나치지 못한다. 나는 참새요, 야구 배팅장은 방앗간이다. 열다섯 개 정도의 공이 나오고 공을 맞혀서 일정 점수 이상이 나오면 조그마한 인형이나 열쇠고리를 주는 그곳에서 나는 아들과 함께 호기롭게 들어가서는 "아빠가 인형 뽑아줄게."라는 말을 뱉는다. 인형 약속을 지키지 못하는 날에는 천 원짜리를 과소비하곤 한다.

중학생이 되어서는 농구를 했다. 중학교 2학년 때 담임은 국어 선생님이었는데 어쩐지 국어보다 농구를 좋아하는 사람이었다. 당시 한 학급의 인원수는 약 오십여 명. 선생님은 대여섯 명이서 팀을 짜게 만들고서는 농구를 시켰다. 그렇게 한 학기 동안 아이들은 리그 시합을 갖는 것이다. 다시 말하지만 담임은 체육 선생님이 아니라 국어 선생님이었다.

당시 나는 키가 큰 편이 아니라서 포인트 가드를 맡고 기회가 되면 외곽에서 슛을 쏘곤 했다. 어느 날은 감이 좋았는지 던지는 족족 골이 들어갔다. 그때 시합을 보던 담임선생님의 멘트가 아직도 잊히지 않는다. "야! 이경! 너 오늘 약 빨았어?"

음, 그러니까 그때 담임선생님은 분명 국어 교사였다.

진짜 체육 선생님과는 배드민턴 실기 시험이 있었다. 실기 내용은 체육 선생님과 직접 배드민턴 대결을 펼치는 것. 대부분의 아이들이 몇 번 랠리를 이어가지 못하고 셔틀콕을 놓칠 때 나는 스무 번이 넘는 랠리를 이어갔다. 가끔 엄마와 치던 배드민턴이 이렇게 도움이 되다니. 체육 선생님도 속으로 분명 '후훗, 좋은 승부였다.'라고 생각하지 않았을까. 결국 그날 나는 배드민턴 실기에서 만점을 받았다.

고등학생까지 이런 생활은 익숙했다. 스마트폰이 없던 90년대에는 주말에 학교 운동장에 가면 항상 아이들이 농구나 축구 따위를 하고 있었다. 나는 이런 생활이 영원할 거라 생각했는데 웬걸. 스무 살이 넘어 담배를 피우면서 몸 상태는 쓰레기가 됐다. 두세 시간을 뛰어다녀도 지치지 않던 체력은 5분을 못 버틴다. 아, 이제 시종일관 뛰어다녀야 하는 농구는 무리.

성인이 되고서 한동안 공놀이를 하지 않던 내가 결혼 직전에는 축구 모임에 나갔다. 축구는 농구와 달리 상황에 따라 천천히 걸을 때도 있기 때문에 농구보다는 에너지가 덜 소비되는 운동이다. 아내의 친구 남자친구가 조기 축구 모임 회장을 맡고 있었기에 자연스레 함께 어울리며 축구를 하게 된 것이다.

아마추어 축구의 진리 중 하나는 잘하는 사람이 무조건 공격수를 한다는 것이다. 성인이 돼서 오랜만에 축구를 하던 내 포지션은 자연스레 수비수. 나는 주로 좌, 우 풀백을 맡았다. 측면에서 상대팀 윙어가 공을 몰고 들어오면 쫓아가서 막는 것이 나의 역할이었다. 윙어가 진짜 날개를 단 듯이 빠르게 공을 치고 오면 나는 숨을 헐떡이며 쫓아간다.

한 번 뚫리고, 두 번 뚫리고. 수비수의 역할을 제대로 하지 못하자 상대방도 나를 알아보기 시작했다. 자기네들끼리 말하는데 분명 내 귀에도 들린다. "야! 이쪽, 이쪽 여기가 구멍이야!" 좀 안 들리게 얘기하든가. 결국 체력 고갈과 함께 멘탈까지 가출해버린다. 순간 나는 구멍이 된 것이다. 학창 시절엔 분명 온갖 공놀이에서 평균 이상의 실력은 된다고 생각했는데 성인 아마추어 조기 축구에서 어느새 나는 구멍이 되어버렸다.

상대 팀으로부터 구멍 소리를 듣던 축구 모임은 그리 오래 이어가지 못했다. 아내 친구가 남자친구와 결별하면서 모임에 어울리기가 어색해진 것이다. 지금 아내의 친구는 다른 남자를 만나 아이 둘을 낳아 잘 살고 있으니 그 누구를 탓할 수도 없다.

이런 사연과 함께 결혼 후에는 몸 상태도 좀 나빠졌다. 가족력이 있는 고혈압과 바람만 불어도 아프다는 통풍이 콤비네이션을 갖추고 내 몸을 방문한 것이다. 아, 완전 불청객이다. 특히나 통풍은 발에 직접적으로 고통을 안겨주었기에 지나치게 뛰어다니는 운동은 무리였다. 병원에서도 뛰어다니는 운동보다는 천천히 걷는 운동을 추천해주었다.

지금 생각해보면 골프는 현재 내 몸 상태에 딱 맞는 운동이다. 천천히 제자리에 서서 스윙을 하는 골프는 몸에 큰 무리를 주지 않으면서도 전신운동이 된다. 가끔 스포츠 센터에서 스윙 연습을 하다가 퍼터를 들고 홀컵에 공을 넣는 연습도 한다. 공이 홀컵에 들어갈 때 '찰랑' 소리를 내면 무척이나 기분이 좋아진다. 축구를 하면서 구멍 소리를 듣던 내가 홀컵 구멍에 공을 넣는 운동을 하게 될 줄이야.

축구 할 때 상대 팀으로부터 들었던 구멍이 좌절과 비극적인 구멍이라면, 골프의 구멍은 하나의 미션을 마무리하고 새로운 미션을 부여받는 경쾌한 희망의 구멍이란 생각이 들었다. 나이가 들었음에도 공놀이를 한다. 구멍에서 구멍으로. 그리고 또 다른 구멍으로. 유년 시절부터 지금까지도. 언제라도 공놀이는 즐겁다.

드라이버를
잡다

골프 연습을 한 지 한 달하고 열흘이 지났다. 아버지가 사주신 골프 가방에는 드라이버를 포함한 우드와 아이언과 퍼터 등 총 열한 개의 골프채가 담겼다. 지금껏 나는 7번 아이언과 퍼터만을 잡아보았다. 나머지는 헤드에 비닐도 벗기지 않은 상태였다. 한 달 넘게 7번 아이언만 연습하다 보니 슬슬 다른 채도 잡아보고 싶다는 생각이 들었다.

필드에 나가기 전까지 열하나 채의 비닐을 다 벗겨낼 순 있을까. 코치님은 7번 아이언을 열 번 스윙해서 여덟 번 정도 좋은 스윙이 나오면 드라이버를 잡자고 했는데 그날은 과연 언제쯤 올 것인가. 이러다가 필드에 나가기 전에 드라이버를 못 잡아보는 게 아닐까. 조바심이 들었는데 코치님은 레슨 후 나에게 넌지시 한마디를 건넸다.

"봅시다. 오늘이 금요일이죠. 오늘 연습하고 주말에 나와서 연습 좀 하시고 다음 월요일에 드라이버 가지고 나오세요."

모르긴 몰라도 코치님은 젊은 시절 분명 연애 밀당의 귀재였을 것이다. 나의 조바심은 코치님의 말 한마디에 이내 사그라졌다. 드디어 아이언을 놓고 드라이버를 잡을 차례가 온 것인가. 드디어.

드라이버는 홀컵까지 거리가 먼 홀의 첫 번째 샷을 할 때 쓴다. 드라이버는 골프채 중 가장 가벼우면서도 헤드는 크고 채의 길이가 길어서 비거리가 멀리 나온다. 드라이버를 칠 때는 항상 티 위에 공을 올려놓고 친다는 특징도 있다. 드라이버샷 비거리만을 경합하는 대회가 있을 정도로 골프에서 드라이버는 중요한 요소다. 앞으로 나아가야 하는 골프의 경기 방식상 첫 샷이 길고 정확하게 나간다면 분명 유리한 지점을 점유할 것이다.

십여 년 전 처음 골프 연습을 했을 때 드라이버를 몇 번 휘둘러봤는데 그때마다 나는 좌절하곤 했다. 당최 공이 맞질 않아서였다. 드라이버 헤드는 아이언보다 훨씬 큰데 왜 공이 안 맞는 걸까. 많은 이유가 있겠지만 드라이버는 골프채가 길어서 스윙의 궤적 또한 넓어진다. 나는 이 넓은 궤적의 스윙을 할 때마다 두려움 같은 게 있었다. 태생이 쫄보라서 그런 걸까. 드라이버를 잡았을 때 마음만큼은 청룡언월도를 휘두르는 관우였지만, 실상은 미축이나 조식 정도의 느낌이었달까. 흠.

주말이 지나고 약속의 월요일이 왔다. 월요병이라면 세상 그 누구보다 심하게 겪을 자신이 있는 나였는데, 이번 월요일은 드라이버를 잡을 수 있다는 생각에 어떤 신선함마저 느껴졌다. 여느 때와 마찬가지로 저녁을 먹고 아내가 아이들을 재우러 들어가자 나는 골프 가방 속에 숨죽여 지내던 드라이버를 들고 연습장으로 갔다. 또다시 청룡언월도를 든 관우의 심정이 됐다.

7번 아이언을 좀 연습하고 드라이버를 잡을 줄 알았는데 코치님은 나를 보자마자 "드라이버 잡으세요."라고 말했다. 모르긴 몰라도 코치님은 과거 연애 시절 분명 밀당의 귀재이면서 박력적인 사람이었을 테다. 코치님의 박력 넘치는 멘트에 나는 드라이버를 꺼내 들었다.

그리고 세상은 멸망했다.

아이언을 연습할 때만 해도 가끔 코치님은 내게 자세가 괜찮다거나 "나이스 샷, 굿 샷"을 외쳐주었다. 아이언 칠 때가 호시절이었다. 드라이버를 잡고 몇 번 스윙하자 코치님의 표정은 점점 어두워져만 갔다. 드라이버를 잡자 제대로 맞아 들어가는 공이 없었다. 공이 엉뚱한 곳으로 날아갈 때마다 코치님은 공을 놓지 않은 채로 빈 스윙을 시켰다. 드라이버를 처음 잡은 날 그렇게 나는 허공에 수많은 스윙 궤적을 그려냈다. 월요병이 저녁 뒤늦게 찾아오는 느낌이었다.

코치님의 코칭 방식은 은근 스파르타 타입이다. 특히 자세를 교정해줄 때는 마치 접골사라도 된 것처럼 내 몸을 사정없이 비틀어 교정해주신다. 코치님에게 목이 꺾이고 팔이 꺾이고 허리가 움켜잡히면 나는 어쩐지 비굴하고 초라해진 느낌이 들었다. 코치님의 손아귀에 얼굴 방향이 틀어지고 땀방울에 안경이라도 흘러내리는 날이면 수치심마저 들었다. 드라이버를 잡고서 내 몸은 코치님에게 본격적으로 분해, 조립되었다. 내가 머무른 이곳이 골프 연습장인지, 접골원인지 헷갈릴 정도였다.

연습 스윙을 몇 번 하고서 괜찮다 싶어 공을 놓고 치면 또다시 공은 엉뚱한 곳으로 날아갔다. 코치님은 많이도 답답하셨는지 직접 드라이버를 잡고 스윙을 해 보이셨다. 한 달 넘게 코치님에게 골프를 배우면서 코치님이 직접 공을 치는 모습은 처음 본 것이다.

역시 코치는 코치다. 코치님은 대여섯 번 몸소 스윙을 보여주셨는데 코치님이 친 공은 모두 경쾌한 소리를 내면서 천막 한가운데로 날아갔다. 오우. 굿 샷. 리스펙트. 160cm 정도의 작은 키를 가진 코치님의 스윙에는 온 우주의 에너지가 모인 듯했다. 한때 이렇게 작은 체구로 얼마나 좋은 공을 치시려나, 의심하기도 했던 나는 코치님의 스윙을 보고서는 바로 코치님에 대한 의심을 지울 수 있었다.

"이렇게 치시면 됩니다. 이렇게."

코치님은 한 번 스윙할 때마다 나를 돌아보며 '이렇게'를 붙여 말했다. 스포츠를 보다 보면 현역 때 날아다니던 사람들이 감독이 된 후에 망하는 경우가 종종 있다. 자신이 쉽게 해오던 것을 감독이 된 후에 자신이 가르치는 선수에게 똑같이 지시해서는 안 된다. 맨체스터 유나이티드를 명문 팀으로 이끈 알렉스 퍼거슨이나 한국 국가대표팀을 월드컵 4강으로 이끈 히딩크 감독도 선수 시절의 커리어는 초라하지 않았던가. 코치님이 스윙하며 '이렇게'를 외칠 때마다 나는 속으로 '어떻게'를 읊조렸다.

탕! 슉! 픽! "이렇게", '어떻게……'
탕! 슉! 픽! "이렇게", '아니, 그러니까 대체, 어떻게……'

코치님은 아이언을 좀더 연습하고 드라이버를 잡았어야 했다면서 한동안은 풀스윙하지 말고 공을 맞히는 연습만 하자고 하셨다. 다시 똑딱이의 시간이 온 것이다. 드라이버 똑딱이. 며칠간 연습을 하고 나면 어떻게를 말하는 내 드라이버 스윙이 코치님의 이렇게로 될 수 있을까.

새로움과
익숙함

드라이버를 연습하면서 아이언 때와 마찬가지로 서서히 팔을 높이 올려나갔다. 전혀 맞지 않던 공은 어느 정도 감이 잡히자 천막 중앙을 향해 날아가기 시작했다. 코치님 앞에서 몇 번 잘 맞는 공을 치자 코치님은 "어때요? 쉽죠?" 하셨다. 코치님의 말투는 마치 짧은 시간 동안 캔버스 위에 멋진 풍경화를 그려내던 밥 로스 같았다.

얼떨결에 나는 "아, 네네." 했지만 사실 전혀 쉽지 않았다. 드라이버는 무척이나 예민한 클럽처럼 느껴졌다. 자세가 조금만 틀어지면 공은 엉뚱한 곳으로 날아가거나 바닥을 향해 떼구루루 굴러갔다. 분명 비거리를 멀리 내는 목적의 드라이버인데도 나는 거리 30cm 정도 나오는 공도 가끔 쳤다. 오해할까 봐 말하자면 오타가 아니다. 진짜로 30m가 아닌 30cm 굴렀다.

드라이버를 치면서 또 다른 문제도 생겨났는데 바로 아이언이었다. 드라이버를 잡으면서도 기존에 해오던 아이언을 번갈아 가며 연습했다. 한 달 넘게 아이언을 잡고서 어느 정도 익숙해졌다고 생각했는데 드라이버를 잡은 후 아이언을 잡자 예의 그 감각이 사라져버린 것이다. 새로움은 그렇게 익숙함마저 밀어내버렸다.

드라이버와 아이언은 골프의 준비 자세를 일컫는 어드레스부터 모든 게 달랐다. 드라이버의 경우 다리를 벌리는 스탠스의 폭은 아이언보다 넓었고 공의 위치는 아이언보다 앞에 두고 스윙을 했다. 스윙의 궤적 또한 달랐으니 채를 바꿔가며 스윙할 때마다 준비 자세와 더불어 마음 자세까지 모두 바꿔야만 했다.

얼마 전 아내와 뮤지컬 〈지킬 앤 하이드〉를 봤다. 뮤지컬의 하이라이트는 주인공이 짧은 시간 안에 지킬 박사와 하이드 둘의 자아를 몇 번이고 번갈아 가며 연기하는 부분이었다. 지킬 박사와 하이드 각각의 역할 때 배우를 비추는 조명 색 또한 달라졌는데, 지킬 박사일 때는 녹색의 조명을 비췄다가 하이드 때는 노란색의 조명이 비추는 식이었다.

나는 가끔 일어나선 곤란한 상황을 상상하곤 한다. 나쁜 마음에서 그런 것은 아니고 단순히 이런 일이 생긴다면 어쩌나, 하는 호기심에서 드는 생각이다. 가령 국가대항전 축구 시합에서 양 팀의 감정이 격해져 축구 대신 쌈박질을 하는 상상이라든가, 야구 시합의 꽃은 뭐니 뭐니 해도 벤치 클리어링이지라며 선수들이 벤치를 비우고 한가운데로 몰려드는 상상

말이다.

뮤지컬을 보면서도 이런 몹쓸 상상력이 생겨났다. 지킬 박사와 하이드의 인격이 재빠르게 교차되는 연기에서 조명 기사가 엉뚱한 조명을 비춘다거나 배우가 각각의 연기를 헷갈리면 어쩌나 하는 막연한 호기심이자 일어나선 곤란한 상황을 상상한 것이다. 다행히 배우와 조명의 궁합은 완벽했다.

완벽했던 뮤지컬 배우와 달리 연습장에서의 나는 두 가지 채를 잡으면서 조금씩 헷갈리기 시작했다. 내게 아이언은 익숙한 지킬이요, 드라이버는 생경한 하이드인 것이다. 아이언만을 잡았을 때 느낄 수 있었던 안정적인 그립감과 채의 무게감이 드라이버를 잡기 시작하면서 어색하게 느껴지기 시작했다.

드라이버를 치다가 다시 아이언을 잡으면 '내가 이걸 어떻게 쳤더라? 백스윙은 어디까지 올렸더라. 피니쉬 자세는 어떻게 했더라.' 하고는 바로 얼마 전의 기억을 떠올리는 거다. 드라이버가 좀 맞는다 싶으면 아이언은 엉망이 됐고, 아이언의 감각이 되살아날 때쯤이면 드라이버의 감이 잊혔다.

드라이버와 아이언을 번갈아 치면서 한편으로는 한 번에 두 사람을 사랑하면 이런 기분일까 싶었다. 한쪽은 편하고 익숙함을 주지만, 한쪽은 완전 새로운 것이다. 같은 시간에 이런 애인 두 사람을 만나면 헷갈리지 않겠나. 옛 유행가에 이런 가사도 있었던 거 같은데. 같은 영화 또 보고, 했던 농담 또 하고, 그러다가 결국 망하고.

나는 망할 수 없다. 필드 약속까지는 겨우 한 달이 조금 넘게 남았을 뿐이다. 익숙한 것은 익숙한 대로, 새로운 것은 새로운 대로 묘미가 있지만 골프는 결국 모든 채를 익숙하게 만들어야 한다. 익숙한 것은 더욱 익숙해져야 하고, 새로움은 이내 떠나보내고 내 것으로 만들어야 한다.

소위 말하는 '만 시간의 법칙'이란 것도 있지 않나. 어떤 일이든 1만 시간을 투자하고 할애하면 해당 분야의 전문가가 된다는 이론이다. 사람에 따라 누군가는 천 시간이 걸릴 수도 있을 테고, 누군가는 수만 시간이 걸릴 수도 있을 테지만 그만큼 시간을 들여 연습하는 것이 중요하다는 말일 테다.

그전에 계산을 한번 해보자. 1만 시간이면 하루 열 시간씩 했을 때 3년이 걸린다. 나는 하루에 한 시간 정도 골프 연습을 하니 1만 시간을 채우는 데는 27년이 조금 넘게 걸린다. 아, 27년. 지금 내가 삼십대 후반이니까 1만 시간을 채우고 나면 육십대 중반이 되겠다. 육십대 중반의 나는 골프로 노익장을 과시할 수 있으려나. 그땐 뭐, 모든 게 익숙해져 있겠지.

공 좀
줍고 할까요?

1만 시간까진 아니더라도 드라이버도 점차 익숙해졌다. 코치님의 레슨만으로는 부족한 것 같아 밤마다 잠들기 전 유튜브에서 드라이버 레슨 영상을 본 것이 도움이 되었다. 동영상 속 한 레슨 골퍼는 드라이버를 휘두를 때 원반을 던지듯이 스윙을 하라고 알려주었다. 원반을 던질 때 우리는 온 힘을 들여 던지지 않고 팔과 손목의 스냅을 이용해 부드럽게 던지지 않던가. 결국 힘을 빼고 스윙하는 것이 중요했다.

코치님의 레슨과 동영상 레슨의 힘을 빌려 드라이버도 어느 정도 자신감이 붙었다. 아이언과 마찬가지로 똑딱이, 하프, 스리쿼터스윙을 거쳐 풀스윙 자세에 들어갔다. 드라이버에 공이 잘 맞을 때는 짜릿한 느낌마저 들었다. 클럽 페이스의 정중앙을 스윗 스팟Sweet Spot이라고 부른다. 정말 멋진 단어 아닌가. 단어 그대로 헤드 페이스 정중앙에 공이 맞으면 손끝에서는 달콤함이 전해진다. 결국 이 달콤함에 못 이겨 다들 골프에 중독이 되는 걸까.

드라이버 레슨을 받다 보니 연습장 바닥에 공이 많았다. 드라이버를 휘두르다가 실수로 공이 뜨지 않고 바닥을 향해 날아간다면 공끼리 부딪칠 것만 같았다. 쫄보인 나는 스윙도 하기 전에 겁부터 났다. 코치님에게 "공 한번 줍고 해야 되지 않을까요? 바닥에 공이 너무 많은데요?"라고 했더니, "그럴까요? 지금 감이 좋아서 흐름을 끊지 않으려 했는데, 그럼 공을 한번 줍고 할까요?" 하시면서 연습을 하는 주변 사람들에게도 같이 공을 줍자고 하셨다.

처음 레슨을 받던 날 코치님은 연습장의 몇 가지 규칙을 알려주셨는데, 그중 하나가 공 줍기였다. 바닥에 공이 많으면 누구라도 "공 좀 줍고 합시다."라는 말을 하고, 그러면 다들 꼭 스윙을 멈추고 다 같이 공을 주워야 했다. 누군가 공을 주우려 앞으로 나가 있는데 뒤에서 스윙을 한다면 큰 사고가 날 수 있는 일이니 반드시 명심하고 있어야 할 규칙이었다.

나는 낯을 가리는 성격이라 불특정한 누군가를 만나 말을 섞는 일을 좋아하지 않는다. 이런 성격은 연습장에서도 고스란히 드러나서 바닥에 공이 많더라도 누군가 먼저 공을 줍자는 말을 하기 전에는 묵묵히 공을 앞으로 쳐내기만 할 뿐이다. 누군가 "공 좀 줍고 할까요?"라는 말을 건네면 그때야 "네네." 하고서는 함께 공을 줍는다.

공은 평소 녹색 바구니에 담겨 있다. 여섯 자리의 연습 타석 뒤에는 좌우 여덟 개씩, 총 열여섯 개의 녹색 바구니가 있고 타석 옆에는 고무 재질의 까만색 티에 자동으로 공을 올려주는 디스펜서Dispenser라는 기계가 있다. 디스펜서 안에 공이 모두 사라지면 녹색 바구니에 담긴 공을 다시 디스펜서에 담아 연습한다.

열여섯 바구니가 절반가량 줄어들 때쯤이면 공을 회수할 시간이다. 누군가 공을 줍자고 하면 텅 빈 바구니를 연습장 한가운데 모아놓는다. 공을 줍는 기구로는 두 가지가 있다. 하나는 넓은 갈고리 모양인데, 공을 한쪽으로 밀어 모으는 데 쓴다. 나머지 하나는 쓰레받기처럼 생겨서 모아진 공을 담아 다시 바구니에 쏟아붓는 데 쓴다.

공을 주울 시간이 오면 연습하던 사람들은 모두 멈추고선 은근히 눈치를 본다. 갈고리를 잡기 위함이다. 갈고리는 툴이 길어서 허리를 굽히지 않고 오로지 공을 모아 밀기만 하면 된다. 힘 쓸 일이 없다. 반면 공을 주워 담는 쓰레받기 모양의 툴은 허리도 굽혀야 하고 공을 담고서는 다시 바구니에 쏟아붓는 몇 가지 동작이 필요하다.

처음 나는 내 한 몸 편해지자고 갈고리를 움켜잡았다. 갈고리로 편하게 공을 한쪽으로 밀다 보니 주변의 아저씨들이 허리를 굽혀가며 바구니에 공을 붓고 있다. 공을 퍼 나르는 행동을 옆에서 보고 있노라면 그 모양새가 마치 삽질을 하는 듯한 모습이다. 군대도 안 다녀왔으면서 삽질하는 모습을 보면 왜 그렇게 처연해 보이는 걸까.

나도 아저씨지만 연습장의 회원 대부분은 나보다 더 나이가 지긋한 사람들이다. 결국 나는 조금이라도 젊은 내가 힘을 더 써야겠다는 생각을 했다. 요즘에 나는 누군가 공을 줍자고 하면 갈고리를 양보하고서는 쓰레받기 툴로 공을 주워 담는다.

스포츠 센터는 겨우 여섯 타석의 연습장이지만 다양한 성격의 사람들이 존재한다. 모든 장소가 그렇겠지만 이곳 또한 세상의 축소판과 같다. 바닥에 공이 많더라도 먼저 공을 줍자고 말하지 못하는 나도 있고, 공을 줍자고 말하는 사람들도 그 방식이 다양하다. "공 좀 줍고 할게요."라며 앞장서서 멘트를 뱉는 사람이 있는가 하면, "공 좀 줍고 할까요?"라고 의견을 물어보는 사람도 있다. 또 누군가는 나처럼 소극적인지, "저, 공 좀……." 하고 말끝을 흐리는 사람도 있다.

그렇게 연습장에 깔린 공을 모두 치우고 나면 바닥은 금세 깔끔한 모습을 갖춘다. 넓은 필드에 비할 바는 아니겠지만 깔끔하게 정리된 연습장 타석에 서서 공을 치면 기분이 좋아진다. 이런 기분 탓일까. 바닥이 깨끗하면 어쩐지 공은 스윗 스팟에 더 잘 맞는 듯했다. 소극적인 나도 이런 달콤함을 자주 접하려면 언젠가는 사람들에게 앞장서서 말하는 날이 오겠지.

"저, 우리 공 좀 줍고 할까요?"

3

골프에 아주
빠졌습니다

골프 치는
엄마와 아들

골프를 배우기 전에 처가의
식구들과 함께 스크린 골프장에 가본 일이 있다. 어느 명절날
이었다. 당시 처가의 어른들은 스크린 골프를 즐겼고, 나는 뒤
에 앉아 멀뚱히 구경만 할 뿐이었다.

모든 스포츠가 그렇겠지만 보는 재미와 직접 하는 재미는
다르다. 다른 스포츠의 경우 직접 하지 않더라도 보는 재미가
있는데, 골프는 직접 경험하면서 보는 재미까지 덩달아 생기는
운동 같다. 처가 식구들과 함께 스크린 골프장에 갔을 때는 분
명 지루하고 재미없어 보였는데 골프 연습을 하고 나서는 상황
이 달라졌다.

연습장 중앙에는 대형 스크린이 있어서 오천 원을 내면 회
원 누구라도 18홀의 스크린 골프를 즐길 수 있다. 이제 겨우
드라이버가 익숙해진 나는 스크린 앞에 서서 공을 쳐본 경험
은 없지만 가끔 고개를 돌려 스크린을 치는 사람들의 시합을
보기도 한다. 연습장에 나오는 회원 대부분은 나보다 나이가

많아 보이는 아저씨, 아주머니지만 그중에는 누가 봐도 젊은 사람이 하나 있다. 이야기를 들어보니 체육학을 전공하는 대학생이라고 했다.

삼삼오오 모여 스크린을 치는 사람들 무리에 그 청년은 자주 끼어 있다. 그리고 그는 한 아주머니를 이렇게 부른다. "엄마!" 청년의 입에서 나온 엄마 소리를 듣고 나는 이게 군대 용어 비슷한 건가 싶었다. 한 달간의 훈련소 생활만 겪은 나는 군대 용어에 익숙하지 않다. 다만 군대를 다녀온 친구들을 통해서 그 용어를 알아갈 뿐이다.

어린 시절 육군 생활을 하던 친구가 휴가를 나온 일이 있었는데 어쩐지 녀석은 군대 얘기를 하면서 계속 '아버지'를 찾았다. 친구의 아버지가 직업 군인이었던가. 친구가 말하는 아버지가 대체 누구인지 궁금했을 때, 군대에서 1년 선임을 아버지 군번이라고 부른다는 것을 알게 되었다.

연습장에서 엄마를 찾는 청년의 말을 듣고는 골프 세계에서도 군대의 선임, 후임 같은 명칭이 있는 걸까 생각했던 거다. 청년의 말을 좀더 훔쳐 들어보니 내 생각과는 전혀 달랐다. "엄마, 우리 집에 가면 뭐 먹어?" 아, 저 둘은 한집에 사는구나. 그렇다. 청년과 아주머니는 진짜 모자지간이었다.

체육학 전공자답게 청년은 다부진 체격으로 호쾌한 스윙을 한다. 그의 어머니 또한 유연한 스윙 자세로 스크린을 향해 공을 보내고 있었다. 서로의 자세를 봐주기도 하면서 누군가의 공이 O.B_Out Of Bounds_가 나면 공 좀 잘 치라며 서로를 디스하기도 했다. (OB : 코스 이탈 지역으로, 벌타가 주어진다.)

그 모습이 어쩐지 보기 좋았다. 티격태격하면서도 엄마와 아들이 서로를 불러가며 같이 스크린 골프를 즐기는 모습에서는 유쾌함이 쏟아졌다.

나에게는 두 사람의 어머니가 있다. 한 사람은 나를 낳아주신 친어머니고 한 사람은 내 아내의 어머니다. 나는 그녀를 때로는 '장모님'이라고 부르고 때로는 '어머님'이라고 부른다.

장모님은 오래전 아내가 고등학생이던 때 남편과 사별하셨다. 당신 홀로 아내와 손위처남을 키워내신 거다. 요즘 장모님은 노래 교실에 다니시기도 하고, 가끔은 골프를 치시기도 하지만, 보통은 등산을 다니신다. 내가 골프 연습을 시작한 며칠 뒤 아내는 장모님에게 이 사실을 알렸다.

"신랑 골프 시작했어."

"어머, 잘됐다. 나중에 외삼촌들하고 다 같이 필드 나가면 너무 좋겠다."

장모님은 4남매 중 첫째다. 그 아래로는 세 명의 남동생이 있다. 설날이나 추석 같은 명절에 처가에 모이면 장모님의 형제 가족은 모두 일곱이 모이는 셈이다. 언제라도 홀수는 외로운 법. 동생들은 모두 부부 동반임에도 남편이 없는 장모님은 분명 쓸쓸함을 느끼셨을 것이다.

연습실에서 같이 스크린 골프를 치는 모자를 보면서 장모님 혹은 엄마와 함께 공을 치는 모습을 상상했다. 아내의 외삼촌들, 그러니까 장모님의 동생들은 가끔 부부 동반으로 골프를 치러 가기도 하고, 해외로 여행을 떠나기도 한다. 주말이면 홀로 계신 장모님을 찾아뵙지만, 장모님과 같이 골프를 치러 간다면 장모님의 외로움이 조금은 더 줄어들지 않을까, 하는 생각이 들었다. 언젠가 기회가 된다면 장모님과 함께 공을 칠 수 있는 시간도 분명 생기겠지. 그때는 이런 말도 해가면서.

"어머님, 지금 어드레스를 그렇게 하시면 안 될 것 같고요.

아이고, 어머님 OB 치셨네.

어머님! 굿 샷, 나이스 샷!"

고개를
숙입시다

미국 서부 지역을 기반으로 활동한 전설적인 래퍼 투팍의 곡 중에 〈Keep Ya Head Up〉이란 곡이 있다. 아버지 없이 아이를 키워야 하는 미혼모 여성에게 항상 고개 숙이지 말고 지내라는 메시지가 담긴 곡이다. 좋아하는 래퍼의 좋아하는 곡이다.

투팍의 노랫말처럼 많은 사람이 사회적 약자든 누구에게든 고개 숙이지 말라거나, 머리를 들고 다니라는 얘길 한다. 머리를 드는 행위는 자신감을 뜻하는 모습이기 때문이다. 하지만 이런 자신감 넘치는 행위가 골프공 앞에서만큼은 예외다. 골프에서 헤드업Head-Up 자세는 임팩트 순간까지 공을 보지 않고 미리 머리를 드는 것을 뜻한다.

스윙 연습을 하면서 코치님에게 적잖게 헤드업하지 말라는 조언을 들었다. 골프채가 공에 닿기도 전에 고개를 들어버리면 공은 엉뚱한 곳으로 날아가기 십상이다. 어쩐지 스윙 때마다 자꾸만 고개를 쳐드는 나를 발견할 때면 아, 이곳은 중력이 존재하지 않는 곳인가, 싶을 때도 있다.

대체 헤드업 현상은 왜 일어나는 걸까. 헤드업을 하는 데는 여러 가지 이유가 있다고 한다. 날아가는 공을 확인하고픈 인간의 본능적인 욕구에 의해 고개를 들기도 하고, 스윙을 하면서 척추를 비롯하여 신체 균형이 틀어져 고개가 따라 올라가기도 한단다.

나는 앞선 이유로 고개를 자주 든다. 공이 천막 한가운데로 날아가는지 아니면 생크Shank(공이 골프 헤드의 넥 부분에 맞아 엉뚱한 곳으로 날아가는 것)가 나서 옆사람의 천막을 때리지는 않는지 궁금한 것이다. 평소 누군가에게 민폐를 끼치며 사는 것을 좋아하지 않는다. 내 공이 나의 표적이 아닌 타인의 표적에 가닿는다면 그건 분명 민폐 아닌가.

이런 일은 과거에도 있었다. 군대 훈련소에서 피 나고, 알배기고, 이가 갈린다는 P.R.I 훈련을 마치고 사격 훈련을 할 때였다. (P.R.I의 원뜻은 Preliminary Rifle Instruction으로 사격술 예비훈련이라고 합니다. 네네.) 영점을 잡는 사격 후에 본격적인 격발 시간이 끝나자 내 과녁에는 총알이 지나간 흔적이 없었다. 당연히 있어야 할 흔적이 없자 나는 무척이나 당황스러웠는데, 내 옆사람이 나만큼이나 당황스러워하고 있었다. 옆사람의 과녁에는 주어진 총알보다 두 배의 총알 흔적이 있었다. 알고 보니 내가 옆사람 과녁에 총질을 한 것. 그날 나는 조교에게 된통 깨져야만 했다.

비단 골프장이라고 다를 건 없다. 나는 지금도 가끔 옆사람 천막을 향해 공을 날리곤 한다. 옆사람 과녁에 공을 맞히면 미안하다는 말을 하기도 뭣하고, 가만히 있기도 뭣해서 흠흠 헛기침이나 두어 번 하고서는 다시 스윙 연습을 하는 것이다. 내가 아마 큐피드라면 엉뚱한 연인을 많이 만들어내지 않았을까. 흠흠.

골프 연습을 하고 헤드업을 하면서 인간의 욕구에 대해 생각하기 시작했다. 사람에게는 몇 가지 본능적인 욕구가 있다. 수면욕, 식욕, 성욕과 함께 골퍼에게는 분명 머리 상승 욕구가 있는 듯하다. 스윙 후에 자연스레 고개가 들릴 때까지는 공에 시선을 놓지 않아야 하는데, 자꾸만 공의 진행 방향을 확인하고픈 마음이 앞선다. 미리 고개를 드려 하는 이 머리 상승 욕구를 잡아야만 했다.

골프를 치면서 잊지 말아야 할 몇 가지 사항을 휴대폰 메모장에 적어놓는다. 골프 권유자들과 필드 약속을 잡은 날 '3월 29일. 골프 약속'이라고 메모한 이후로 골프와 관련된 체크 사항이 있으면 메모장을 여는 것이다. 메모장에는 아이언을 칠 때 내려찍듯이 스윙하라는 코치님의 팁이나, 드라이버는 원반 던지듯 스윙하자는 내용 등을 적어두었다. 그리고 그 아래에는 이런 문구를 적어 놓기도 했다.

'고개를 숙이자.'

고개를 드는 행위는 분명 자신감의 발로이자 표현이다. 하지만 우리네 속담에 '벼는 익을수록 고개를 숙인다.'는 말도 있지 않은가. 골프장에서만큼은 벼가 되기로 했다. 이제 겨우 한 달이 된 초보 골퍼에게는 좋아하는 투팍의 노랫말도 와닿지 않는다.

요요 투팍. Keep Ya Head Up? No. No. 골프장에서는 Keep My Head Down!

골프 책을
봅니다

서점에 자주 간다. 어릴 때
는 한 권의 책을 완독하기 전까지는 다른 책을 사지 않았다.
미루기가 특기인 나는 완독하는 책이 많지 않아 독서량이 늘
지 않는다는 사실을 깨달았다. 독서량을 늘리기 위해 몇 년 전
부터는 완독을 목표로 삼지 않고 책을 사들인다. 그 결과 책장
에는 완독하지 않은 책들이 주인을 잃어버린 듯 탑을 쌓아 지
내고 있다. 책들아 미안해.

어쨌거나 서점에 가면 내가 보는 책도 사고 아이들의 책도
산다. 이제 막 글을 읽기 시작한 아들 1호의 취향은 확고하다.
공룡, 곤충, 맹수, 요괴 등의 배틀 책을 산다. 둘이 싸우면 누가
이길 것인가 하는 책이 아들의 취향이다. 아들의 취향을 존중
한다. 이처럼 누구라도 취향에 맞는 책을 사서 볼 것이다.

내가 주로 보는 책은 소설이나 에세이, 만화책이다. 반면 자
기 계발이나 라이트 노벨 등의 서가에는 발길을 거의 들이지
않는다. 가끔 관심 없는 분야의 책을 구경하다 보면 세상에 이

런 책도 수요가 있는 걸까 싶을 때도 있다. 역시 사람은 자기의 관심 분야와 취향의 세계만 눈에 보이는 걸까.

나와 달리 누군가는 소설을 읽지 않는 사람도 있을 테고, 만화책을 싫어하는 사람도 있을 테다. 산을 타지 않는 사람에게 등산 관련 책이나, 당구를 치지 않는 사람에게 당구 관련 책은 무용지물일 것이다. 골프를 배우고 서점에 가니 전에는 눈에 들어오지 않던 골프 관련 책들이 눈에 띄기 시작했다.

어느 주말 처가에 갔을 때였다. 처가 근처 대형 마트에 있는 키즈 카페에 들렀다. 키즈 카페에 아이들을 풀어놓고 함께 뛰어노니 금세 쉬고 싶어졌다. 아이들의 체력에는 한계가 없어 보였다. 아이들과 똑같이 뛰어놀다 보면 내 몸은 코너에 몰린 권투선수처럼 버텨낼 수가 없다. 결국에는 아내에게 살려달라며 도움을 요청했다. 아내와 바톤 터치 후에는 키즈 카페를 벗어나 같은 층에 있던 중고 서적 매장으로 갔다.

가끔 중고 서점을 이용하지만, 책을 사진 않는 편이다. 그곳에서 주로 사는 것은 중고 음반이다. 중고 책을 사지 않는 이유는 두려움 때문이다. 책을 열었을 때 이미 누군가의 손을 거쳤을 그곳에 타인의 흔적이 있는 것이 두렵기 때문이다. 정체를 알 수 없는 누리끼리한 무언가가 책에 묻어 있으면 어쩐지 온몸이 간지러운 듯한 느낌이 든다. 중고 책을 보는 것은 마치 공중화장실에 닫혀 있는 변기 뚜껑을 열 때의 두려움과 비슷하

달까. 그렇다고 내가 엄청 깔끔한 사람이라거나, 결벽증이 있는 것은 아니지만.

그날은 중고 책이라도 사서 키즈 카페에서 읽어보려고 했다. 이런저런 책들을 구경하다 보니 만화가 이현세가 그린 골프 만화가 있었다. 어린 시절 이현세가 그린 〈공포의 외인구단〉이나 〈남벌〉을 좋아했다. 이현세가 골프 만화를 냈다는 것은 알고 있었지만 골프를 치지 않던 당시에는 관심이 없었다. 결국 매장에서 이현세의 골프 만화책 두 권을 사서 키즈 카페로 돌아왔다. 중고 책은 거의 사지 않는 내가 골프 관련 책을 두 권이나 사다니.

다시 아내와 번갈아 가며 아이들을 돌보다가 아내가 아이들을 보살필 때는 중고 서점에서 사 온 책을 봤다. 이현세 특유의 그림체와 골프라는 소재가 어울릴까 싶었는데 책은 무척이나 재미있었다. 만화와 함께 책의 후반부에는 초보 골퍼들을 위한 레슨이 사진과 함께 어우러져 있었다. 책의 상태도 내 기준으로는 깨끗한 편이었다.

골프를 배우면서 비단 연습에만 내 시간을 쏟지 않게 되었다. 골프 관련 TV를 보고 이전에는 전혀 관심이 없던 골프 관련 서가에도 들른다. 얼마 전에는 초보 골퍼들이 알아야 할 내용이 실린 골프 책을 사서 보기도 했다.

글쓰기를 하면서 몇 년 전부터는 조금 더 글을 잘 써보고 싶은 욕심이 생겼다. 음악 웹진에 글을 쓰고 있었지만, 내 글이 책으로 나온다면 좋겠다는 생각을 하게 됐다. 이런 생각은 점차 덩어리져 전에는 관심 없던 글쓰기 관련 책을 사서 보게 됐다. 대문호의 글쓰기 관련 명언이 담긴 책이 있는가 하면 출판사 투고 관련 팁이 담긴 책이 있기도 하다. 이런 책들을 읽는 것은 결국 조금 더 좋은 글을 쓰기 위한 욕심 때문이다.

마찬가지로 골프 관련 책에 관심을 두고 책을 사보는 것 역시 골프를 조금 더 잘 치기 위함이다. 내 서가에는 소설과 에세이, 만화와 함께 골프라는 목록이 더해졌다. 각박하고 빠르게 돌아가는 세상에서 취향의 범위를 넓히는 것은 분명 멋진 일이다.

골프를 배우는 요즘에도 여전히 서점에 자주 간다. 그러곤 골프 책이 있는 서가에 한참을 머무른다.

긍정적인
마인드

2월의 마지막 날이 왔다. 2월은 다른 달보다 2, 3일이 짧다. 2월의 마지막 날이 되면 여느 달의 중순과 말일 일정이 겹쳐 평범한 직장인인 나에겐 어쩐지 업무와 지출도 두 배가 되는 듯한 착각을 일으킨다. 골프 연습을 하고서 맞이하는 2월은 내게 또 다른 의미로 다가왔다. 2월의 마지막 날이 왔다는 것은 이제 필드 약속까지는 한 달이 채 남지 않았다는 뜻이었다.

지금까지도 나는 드라이버와 7번 아이언만을 휘두른다. 코치님은 진도를 쭉쭉 빼기보다는 여전히 자세를 우선시하며 레슨을 해준다. 스탠스 폭과 그립, 피니쉬 자세 등이 어긋날 때면 코치님은 예의 그 접골사로 빙의하여 내 몸을 사정없이 주무른다.

골프 가방에는 아직 꺼내 들지 않은 우드와 5, 6, 8, 9번 아이언, 샌드웨지, 피칭웨지가 있다. 골프채마다 헤드의 각도가 다르고 길이와 무게가 다르다. 골프는 홀컵까지의 거리와 상황에 따라 골프채를 선택하는 것이다. 7번 아이언은 이런 여러 골프

채 중 중간 정도의 무게와 길이를 가지고 있어서 초보 골퍼 대부분은 이 7번 아이언을 오랫동안 연습한다고 한다.

2월의 마지막 날을 맞아 코치님에게 앞으로의 진도를 물었다.

"당분간은 계속 드라이버랑 7번 아이언만 연습하면 될까요? 아니면 다른 아이언을 쳐봐도 되나요?"

"7번을 잘 치면 다른 아이언도 다 잘 치게 될 겁니다. 드라이버가 익숙해지면 그때는 우드를 잡고 다른 아이언도 칠 거예요. 며칠간은 이 두 개를 더 칩시다."

나는 다른 채를 잡아보고 싶다는 욕심을 버리고 코치님의 말에 따르기로 했다. 일단 코치님은 프로 아닌가. 얼마 전에는 자세가 나쁘지 않아 꾸준히 연습하다 보면 비거리가 꽤 나올 거라는 칭찬도 들은 터였다. 생경하기만 하던 드라이버도 점점 익숙해져 스윙에 대한 자신감도 붙어가고 있었다.

코치님이 얘기한 레슨 일정을 듣고는 조급해하기보다는 긍정적인 마인드를 갖기로 했다. 필드 약속까지 한 달밖에 남지 않았다는 생각보다는, 아직 한 달이나 남았다고 생각하니 마음이 한결 편해졌다. 남은 한 달 안에 언젠가는 다른 채들도 잡아볼 시간이 분명 생기겠지. 코치님 말대로 7번 아이언이 숙달되면 다른 채들은 저절로 익숙하게 될지도 모른다.

긍정의 힘을 믿는 편이다. 컵에 반쯤 담긴 물을 보고서 긍정적인 사람은 "물이 반이나 남았네." 하고, 부정적인 사람은 "물이 반밖에 없네."라고 한다는 얘길 들었다. 또 누군가는 오늘을 기준으로 "오늘은 내가 앞으로 살아갈 날 중 가장 젊은 날"이라고 표현하고, 누군가는 "오늘은 내가 살아온 날 중 가장 늙은 날"이라고 표현한다.

살아가면서 마음가짐에 따라 세상을 달리 보게 된다는 뜻일 거다. 거래업체의 직원들과 골프 약속을 잡고 나에게 주어진 연습 시간은 석 달 남짓이었다. 골프 연습장 등록을 미루고 실제 연습이 가능했던 기간은 두 달이 조금 넘는 시간이었다. 그중 이제 반 정도가 지났을 뿐이다. 나에겐 한 달가량의 연습 시간이 더 남아 있다. 단 몇 척의 배를 가지고 전쟁에 나선 이순신의 마음가짐이 이랬을까.

물론 필드에 나가는 날이 내 골프 인생의 마지막은 아닐 것이다. 앞으로 살면서 몇 번이나 겪게 될지 모를 수많은 라운딩 중 처음을 맞이하는 날이 앞으로 한 달 남은 거다. 골프와 관련된 영상과 책을 보다 보니 공통적으로 나오는 얘기가 있다. 모든 스포츠가 그렇지만 골프는 특히나 멘탈을 중요시하는 게임이라는 거다. 수십 번의 샷을 하면서 단 한 번의 실수로 멘탈이 흔들리면 그 후로도 계속 게임을 망칠 수 있는 게 골프라고 한다.

세상에서 가장 유명한 골퍼가 누굴까. 아마도 타이거 우즈일 테다. 골프를 모르는 사람조차도 그의 이름은 안다. 유년 시절부터 골프로 이름을 날린 타이거 우즈는 실수를 하더라도 금세 잊고 웃으며 다음 샷을 준비한다는 얘길 들었다. 일희일비하지 않고 게임 자체를 즐기는 사람이라고 했다.

수년 전 타이거 우즈는 스캔들로 이미지가 잔뜩 나빠지기도 했다. 광고가 끊기고 세간에 손가락질받던 그는 무기한 활동 중단을 선언하고 얼마 안 가 복귀했다. 최근 타이거 우즈는 무슨 일이 있었냐는 듯 여전히 좋은 성적을 거두고 있다. 타이거 우즈를 보며 실력도 실력이지만 멘탈 자체가 대단한 사람이라는 생각을 하게 됐다. 타이거라는 이름에서 호랑이 기운이라도 솟아나는 걸까.

한때 나는 비관적이고 염세적인 시선으로 세상을 바라봤다. 세상은 온통 회색빛으로 물든 우울함투성이처럼 느껴졌다. 이런 성향을 바로 고치고 세상을 아름답게 바라볼 수는 없겠지만 골프채를 휘두를 때만큼은 천천히, 그리고 긍정적으로 생각하기로 했다. 천천히 백스윙을 올리듯 조금 느긋하게 생각한다면 그 앞에는 멋진 스윙이 기다릴지 모를 일이니까. 무엇보다 골프는 멘탈 게임이라니까.

똥꼬와
괄약근

3월이 왔다. 골프 레슨은 매주 월, 화, 목, 금요일에 받는다. 수요일은 자율 연습이고, 주말이나 공휴일에는 코치님 없이 연습장이 돌아간다. 퇴근이 늦거나 일이 생겨 레슨을 받지 못하더라도 수요일에 레슨을 대체해주는 일은 없다. 다만 "될 수 있는 한 레슨 날은 빠지지 말고 나오세요." 하는 코치님의 언사가 있을 뿐이다.

아이들이 잠을 자는 저녁 9시부터 집을 나와 연습장에 간다. 아이들이 잠들지 못하고 늦게까지 반짝반짝 눈 뜨고 있으면 어느새 나는 초조해진다. 이럴 때면 올해 학교에 들어가는 아들 1호를 붙잡고 불쌍한 목소리로 호소한다.

"아들. 아들도 선생님이 있지? 아빠도 선생님이 있어. 아빠 운동 늦게 가면 선생님한테 혼나. 빨리 들어가 자."

"아빠. 많이 혼나? 아빠 혼나는 거 싫어."

아이고, 우리 아들 효자네.

삼일절과 주말이 겹쳐 코치님을 나흘 만에 본 날이었다. 아이들이 늦게 잠을 자기 시작해 9시가 조금 넘어 연습장에 도착했다.

"회사가 늦게 끝나? 항상 늦은 시간에 나오네."

오십대(추정)의 코치님은 나에게 레슨을 할 때 반말과 존댓말을 섞어 쓴다. 나흘 만에 본 코치님의 인사말이 마치 샌디 웨지처럼 짧아 당황스러웠다. 물론 코치님보다 훨씬 어린 내가 기분이 나쁘거나 한 것은 아니었지만, 평소와는 다른 말투에 흠칫했던 거다. 예고 없이 훅 들어오는 친밀감은 때로 당황스러움을 선사한다. 나와 친해졌다는 생각에 말이 짧아지신 건가. 뭐, 별 상관은 없었지만.

"네네. 회사가 좀 늦게 끝나서요."

"필드에 언제 나간다고 했지?"

"이달 말에 나갑니다."

"회사 동료랑?"

"아뇨. 거래업체 직원들하고 나가기로 했어요."

"허허. 스폰서 받는 건가?"

"글쎄요. 처음이라고 시켜주지 않을까요?"

"갑이네."

"아니에요. 을이에요."

"허허. 그래요. 연습합시다."

코치님과 대화를 하다 보니 어쩐지 슬퍼졌다. 흑흑. 저는 슈퍼을입니다. 네네.

코치님은 다시 예전처럼 존댓말과 반말을 섞어가며 레슨을 해주었다. 다만 낮에 기분 좋은 일이라도 있었는지 평소보다 텐션이 높아 보였다. 전에는 좀처럼 쓰지 않던 적나라한 표현을 사용했다.

열심히 스윙하고 피니쉬 자세를 잡자 코치님은 내 엉덩이를 잡으며, "피니쉬하고 히프에 힘을 딱 줘야 합니다. 똥꼬에 힘을 딱! 괄약근이 모이도록 똥꼬를 딱!"

골프 레슨을 받으며 똥꼬와 괄약근 같은 단어를 접하게 될 줄이야. 코치님의 적나라한 단어 선택에 나도 모르게 웃음이 새어나왔다.

웃고 보니 왼쪽에선 한 아주머니가 스윙 연습을 하고 있었다. 방금까지 웃던 나는 금세 민망한 기분이 들었다. 누군가 다른 사람에게 자신이 가지고 있는 지식을 전달하는 데는 여러 가지 방법이 있을 것이다. 조곤조곤한 말투가 있는가 하면 우렁찬 말투가 있을 것이다. 평범한 단어를 선택하는가 하면 자극적인 단어를 선택하는 사람도 있을 것이다.

어떤 코칭 방식이 더 좋은지는 받아들이기 나름이다. 혹시 내가 심각한 치질 환자였거나 단어에 예민한 사람이었다면 똥꼬라는 말을 들었을 때 기분 나쁘고 화가 날 수도 있었겠지만,

적나라한 표현은 무언가를 이해하고 배우는 데 더 도움이 되기도 하는 법이다.

"똥꼬에 힘을 줘라."라는 표현은 민망하지만 단번에 이해가 되는 표현이었다. 이 문장을 좀더 순화하고 고상하게 바꿔보려 해도 대체할 만한 문장이 딱히 생각나질 않았다.

'당신의 항문에 힘을……'

'당신의 똥구멍에 힘을……'

때로는 표준어보다 은어가 더 귀여울 때도 있다. 음. 코치님의 표현을 인정합니다.

이런 적나라한 표현을 큰 거부감 없이 받아들였기 때문이었을까. 평소보다 공이 잘 맞았다. 드라이버와 아이언 모두 큰 실수 없이 괜찮은 스윙이 나오자 코치님도 "굿 샷, 나이스 샷. 그렇지. 좋아"를 외쳐주셨다.

15분의 레슨을 마치고 코치님과의 대화는 조금 더 이어졌다.

"연습한 지 두 달 안 됐죠?"

"네. 아직 두 달이 조금 안 됐죠."

"두 달 안 된 거치고는 아주 좋아요, 지금. 운동신경도 있어서 지금처럼만 하면 필드 나가서도 공 잘 맞을 겁니다. 내일까지는 드라이버, 아이언 연습하고 모레부터는 연습장에 골프 가방 갖다 놓으세요. 우드 칠 겁니다."

드라이버와 7번 아이언만 두 달 가까이 연습하던 내가 다른 골프채의 헤드 비닐을 벗길 시간이 다가왔다. 우드야, 기다려라!

핸디와
내공

누군가의 내공이나 전투력을 측정하는 데는 몇 가지 방법이 있다. 가령 음악 평론가의 집에 음반이 몇 장이나 있는지를 보고 얼마나 많은 음악을 들어왔는지를 알 수 있는 것이다. 몇 년간 음악 웹진에 글을 쓰면서 적잖은 음악 평론가들을 알게 됐다. 모두 음악이라면 한가락씩 하는 그들의 음악 내공 대부분은 바이닐vinyl(흔히 말하는 LP를 뜻한다.)이나 CD, 카세트테이프 같은 음반에서 나온다.

그렇다고 대놓고 "거, 집에 음반 몇 장이나 있소?" 하고 물을 수는 없는 법이다. 실례가 될 수 있기 때문이다. 대신 각종 SNS에 음악 평론가들의 서재와 음반 장식장 사진이 올라오면 음, 이 정도 규격의 장식장이라면 음반은 몇 장 정도가 있겠군, 하고 짐작하는 것이다. 물론 집에 음반이 많다고 음악을 더 잘 안다거나 글을 더 잘 쓰는 것은 아니지만.

대부분의 스포츠, 특히 구기 종목은 0점에서 시작해 높은 점수를 올려야 이기는 방식이지만, 골프의 점수 산정 방식은 다르다. 18홀을 돌면서 기준 타수는 보통 72개(72개보다 적거나 많은 경우도 있다). 72티보다 직세 치면 언더파, 72타보다 많이 치면 오버파, 72타를 치면 이븐파라고 부른다. 골퍼들은 거리와 방향을 조절, 조준해가며 이 한 타 한 타를 줄여나가기 위해 연습한다. 결국 골프는 최소한의 타수로 시합을 마친 사람이 이기는 경기다.

18개의 홀마다 기준 타수는 코스 거리와 난이도에 따라 3, 4, 5타로 나뉜다. 기준 타수와 같은 수의 샷을 해서 홀컵에 공을 넣게 되면 파Par가 되는 것이고, 한 타를 줄이면 버디Birdie, 두 타를 줄이면 이글Eagle, 세 타를 줄이면 알바트로스Albatross로 칭한다. 반대로 한 타를 넘게 치면 보기Bogey, 두 타를 넘게 치면 더블 보기Double Bogey, 그 후로는 트리플 보기Triple Bogey 식으로 나아간다. 거리가 짧은 홀에서 한 번의 샷으로 홀컵에 공을 넣으면 그때는 홀인원Hole-In-One이 되는 것이다.

72타를 기준으로 한 자릿수 이내에 게임을 마치는, 그러니까 73에서 81타까지를 싱글Single이라고 한다. 수많은 아마추어 골퍼들은 이 싱글을 목표로 공을 친다. 언더파 정도 치면 이미 준프로의 영역이기에, 아마추어에겐 이 '싱글'이 최상의 목표일 것이다. 예전에 한 기업가는 인터뷰에서 평생의 꿈이 골프 싱글이라고 밝힌 바 있다. 당시에는 대체 싱글이 뭐라고 평생의 꿈일까 싶었다.

골퍼들에게도 서로의 내공을 측정하는 방법이 있다. 핸디(핸디캡Handicap의 줄임말)를 묻는 것이다. 핸디는 자신의 평균 타수에서 기준 타수를 빼는 것이다. 예를 들어 72타를 기준으로 80타를 치는 사람은 핸디가 8이 되고, 90타를 치는 사람은 핸디가 18이 된다. 그러니까 서로의 핸디를 알면 몇 타 정도를 치는지, 실력은 어느 정도인지 가늠할 수 있는 것이다.

얼마 전 같이 필드에 나가기로 약속한 거래업체의 형을 만났다. 업무 차 점심 식사를 함께하다 보니 자연스레 골프 얘기가 나왔다. 골프 연습 잘하고 있냐는 질문에 예전과 달리 나는 떳떳했다. 더는 온갖 핑계를 대며 골프 연습을 미루던 과거의 내가 아니다. "그럼요. 나름 재미있게 하고 있어요." 이야기를 나누다 문득 시합에 같이 나갈 사람들의 실력이 궁금해졌다. 내공을 측정해볼 시간이다.

"사람들 핸디가 어떻게 돼요?"

누군가는 100타를 친다고 했고, 누군가는 90타를 친다 했고, 누군가는 80타를 친다고 했다. 실력은 다들 제각각이었다. 처음 필드에 나가게 된다면 나는 과연 몇 타로 게임을 마칠 수 있을까. 초보 골퍼가 처음 필드에 나가면 연습장과는 다른 환경에 정신없이 시합을 마치는 경우가 대부분이라는 얘길 들었다.

하지만 시작도 전에 주눅이 들 순 없다. 초보 골퍼라고 승부

욕이 없는 것은 아니지 않은가. 필드에 함께 나가기로 한 동반자들의 스코어를 듣고서는 혼자만의 목표를 세웠다. 꼴찌는 면하자. 구력이 수년에서 십수 년 되는 동반자들 사이에서 이제 막 두 달 된 초보 골퍼가 세울 수 있는 목표인지는 알 수 없었지만, 꼴찌만큼은 피하고 싶었다.

몇 년 전 한 지방 도지사가 119 소방서에 전화를 걸어 소방관에게 관등성명을 요구한 적이 있다. "나 도지산데, 거, 이름이 뭐요?" 했다던가. 도지사는 자신의 신분을 밝히며 긴급통화가 걸려오는 119에 소방관 이름 따위나 물은 것이다. 도지사는 자신의 신분을 밝힘으로써 자신의 전투력이 높다는 생각을 상대에게 안겨주려던 것이 아니었을까.

상대방의 위치나 실력, 내공 등을 묻게 될 때는 항상 조심스럽지만 골프에서만큼은 예외인 듯하다. 아마추어 골퍼들은 시합 전에 자신의 핸디를 밝히고 서로의 실력을 인정한다. 아마추어들은 핸디캡이라는 말 그대로 스코어에 서로의 핸디만큼 점수를 빼주곤 시합을 시작하기도 한다. 이런 핸디 적용 방식을 알게 되자 골프는 내공이 차이 나더라도 서로 보듬어주는 스포츠라는 생각이 들었다. 다른 스포츠에서 이런 경우가 있는지 생각해보았다. 바둑에서의 접바둑 말고는 딱히 생각나는 것이 없었다.

골프 핸디는 한 번에 정해지는 것은 아니고 몇 번의 라운딩을 거쳐 평균 타수로 산출한다고 한다. 훗날 필드 라운딩 경험이 쌓이고 나의 핸디를 알게 된다면, 다른 골퍼들과 시합 전에 서로의 내공을 마음껏 알아볼 수도 있겠지.

　"저, 혹시 핸디가 어떻게 되시나요?"

스윗 스팟
지우기

처음 레슨을 받던 날이었다. 코치님은 골프채의 부분별 명칭을 알려주며 골프채의 어느 부위가 공에 가닿아야 하는지 설명해주셨다. 코치님은 손가락으로 헤드 페이스의 정중앙을 가리키며 "여기가 스윗 스팟입니다."라고 했다. 스윗 스팟에 공을 맞히면 비거리도 멀리 나오고 손끝에서는 부드러운 느낌이 들 거라고 했다.

스윗 스팟Sweet Spot. 나중에 찾아본 스윗 스팟에는 여러 가지 뜻이 있었다. 비단 골프채뿐만 아니라 테니스 라켓이나 야구의 배트에서도 스윗 스팟은 존재한다. 스포츠가 아닌 경제, 경영, 마케팅 등 여러 분야에서 스윗 스팟이라는 단어는 쓰이고 있었다. 가령 공연장에서 음악이 가장 잘 들리는 위치도 스윗 스팟이라고 한단다.

야구선수들이 홈런을 치고 "치는 순간 넘어가는 줄 알았어요."라고 말하는 걸 종종 본다. 그때 타자들은 분명 스윗 스팟에 공이 맞았음을 느꼈을 것이다. 한 야구선수는 섣불리 홈런 세리머니를 펼쳤다가 담장 앞에서 공이 잡혀 망신을 당한 일도 있지만, 대체로 잘 맞은 공은 맞는 순간 알 수 있을 테다.

골프 연습을 하면서 나 역시 이런 느낌이 들 때가 있다. 그 횟수가 많지 않아서 문제지만, 코치님이 "굿 샷, 나이스 샷"을 외쳐주는 그 순간엔 대체로 스윗 스팟에 공이 맞는 느낌이다. 반대로 엉뚱한 곳에 공이 맞으면 손끝엔 전기가 통한 듯 둔탁한 아픔이 전해진다. 골프 연습이란 결국 스윗 스팟에 공을 맞히는 연습과도 같다.

골프 연습장 구석에는 골프채를 세척할 수 있는 공간이 있다. 당구 시합을 하고 초크가 묻은 손을 씻어내듯, 치킨을 뜯고 양념이 묻은 손을 씻어내듯 연습장 회원들은 연습을 마친 후 골프채를 씻어낸다. 헤드에 물을 묻혀 칫솔보다 조금 넓은 솔로 쓱쓱 닦은 후 마른걸레로 물기를 없애주는 것이다. 레슨 첫날 이런 광경을 목격한 나는 코치님에게 골프채 세척은 며칠에 한 번씩 하면 되는지 물었다.

"가능하면 매일 하세요."

골프채는 은근히 관리가 필요한 물건이었다. 골프공의 겉면은 반들반들하지 않고 옴폭옴폭 파여 있다. 하루 동안 스윙 연습을 하면 골프채 헤드에는 골프공의 옴폭한 면이 흔적으로 남는다. 연습을 끝내고 헤드를 보고 있으면 스윗 스팟이라고 부를 만한 정중앙이 까맣게 더럽혀져 있기도 하고 때로는 완전 엉뚱한 곳에 자국이 묻어 있기도 한다.

나는 관리에 능숙한 사람은 아니다. 집에는 많은 음반이 있는데 대부분은 CD로 가지고 있다. 집에 바이닐을 돌릴 수 있는 턴테이블이 있음에도 바이닐이 많지 않은 이유는 관리의 어려움 때문이다. 한 손에 들어와 손쉽게 관리할 수 있는 CD와 달리 바이닐은 꾸준히 먼지를 털어내고 주기적으로 관리를 해줘야 하는 번거로움이 있다.

나는 음악이 담긴 매체뿐 아니라 일상 대부분에서 관리를 잘하는 편이 아니다. 학생 시절엔 성적 관리를 안 했고(못한 건가?), 면허를 따고 차가 생기고서는 차 관리에 신경 쓰지 않는다. 나이 들어서는 건강관리에 소홀했는지 요즘에는 매일 아침 알약 두 개를 삼키며 하루를 시작한다. 연인이든 친구든 내 곁을 떠난 이들도 결국 내가 사람 관리에 실패했기 때문일 거다.

법정 스님은 무소유의 정신으로 크게 버리면 크게 얻을 것이라고 했다. 시대도 미니멀리즘이 대세로 떠올랐다. 사람들은 점점 비우고 심플한 것을 찾는다. 무소유의 정신이나 미니멀리즘 모두 관리의 어려움에서 나온 게 아닐까 싶었다. 법정 스님은 키우던 난을 관리하다 난이 죽어버리자 그 일화를 〈무소유〉로 풀어내지 않았던가. 법정 스님이 아닌 이상 무언가 가지고 있다면 꾸준히 관리를 해주어야 한다. 골프채도 마찬가지다.

관리에 서툰 나는 코치님의 지시대로 매일 골프채를 닦진 않는다. 보통 이틀이나 사흘에 한 번꼴로 헤드를 쓱쓱 닦아준다. 헤드를 닦기 전 까맣게 때가 탄 헤드를 보고 있으면 얼마나 연습을 했는지 알 수 있어서 그 기분이 나쁘지 않다. 그리고 그 흔적을 깨끗하게 지우고 새로운 흔적을 남길 수 있는 점도 마음에 든다.

어떤 일을 하다 보면 지워지지 않는 흔적이 남는 경우가 있다. 그 흔적은 때로는 상처가 되고 때로는 영광이 되어주기도 한다. 골프채는 관리만 잘해준다면 매일 새로운 흔적을 새길 수 있는 게 멋지다는 생각이 들었다. 사랑은 지우개로 지워야 하니 연필로 쓰라는 노랫말도 있지 않은가. 때로 새로운 사랑을 위해서는 과거의 사랑을 지울 필요가 있으니까. 골프채 헤드에 묻은 때를 지우고 새로운 날의 연습 과정이 묻어나는 것을 보면 나도 모르게 골프채에도 애정이 생긴다.

골프채의 헤드를 솔로 지우면서 다음엔 또 어떤 흔적이 남게 될지 기대된다. 부디, 스윗 스팟이라 불리는 헤드 정중앙에만 까맣게 때가 타는 날이 올 수 있다면. 그리하여 그 정중앙만을 지워내버릴 수 있다면 참 좋을 텐데. 스윗 스팟만을 지울 수 있는 날을 꿈꾸며 골프채를 씻어낸다.

4
오늘도
나이스 샷

비거리가
궁금해

골프 가방을 연습장으로 옮겼다. 가방을 짊어지고 가파른 계단을 내려가 연습장에 도착하니 연습 타석이 꽉 차 있었다. 타석이 비길 기다리며 퍼팅 연습을 했다. 코치님은 다른 회원을 레슨하는 데 열중이었다. 얼마 후 빈 타석이 나오자 퍼팅 연습을 멈추고 타석 뒤에 골프 가방을 세워두었다. 드디어 우드를 꺼내 드는 날인가.

어깨와 허리를 돌려가며 몸을 풀다가 7번 아이언과 드라이버 연습을 했다. 어느새 다른 회원의 레슨을 마친 코치님이 내 옆에 와 있었다. 코치님은 스윙 자세를 봐주며 그립과 스탠스를 조절해주었다. 때로는 굿 샷을 외쳐주시고 때로는 빈 스윙을 시키며 여느 날과 다름없는 레슨 시간을 보냈다. 코치님, 가방 가지고 오라면서요. 우드 친다면서요. 우드는 언제 꺼냅니까. 우드는 언제…….

말은 못 하고 마음속으로만 외치고 있었는데 코치님은 뜻밖의 이야기를 꺼냈다.

"이번 주까지는 드라이버랑 아이언 연습하시고 우드는 다음

110

월요일부터 칩시다. 드라이버 거리가 얼마 나오는지 보게 이따가 스크린 앞으로 오세요."

오, 약속했던 우드 연습은 미루어졌지만 스크린을 치게 될 줄이야.

비거리는 골프 연습을 하면서 줄곧 가지고 있던 궁금증이었다. 연습실의 타석과 공이 떨어지는 천막까지는 불과 5m 정도의 거리다. 골프공을 100m는 가볍게 날려버리는 드라이버지만 실제로 내가 스윙했을 때 어느 정도 날아갈지는 알 수 없었다. 코치님은 자세가 괜찮아서 비거리가 꽤 나올 거라고 했지만 초보인 나는 그 거리를 전혀 가늠할 수 없었다.

필드 나가기 전에 실외 연습장에 들러 비거리를 측정하려 했는데 지금까진 시간이 여의치 않았다. 드라이버만이라도 비거리를 알 수 있다면 대충이나마 내 스윙의 힘이 어느 정도인지 알 수 있으리라. 우드 대신 스크린이라니. 꿩 대신 닭이라는 말은 분명 이럴 때 쓰라고 존재하는 거겠지.

같은 시간 몇몇 회원이 스크린 골프를 하고 있었다. 나는 연습하면서 자꾸만 힐끔힐끔 스크린 쪽을 쳐다봤다. 스크린 시합이 끝나면 내 비거리를 측정할 수 있을 것이다. 나는 비거리에 대한 상상의 나래를 폈다. 아마추어들은 비거리에 대한 로망을 품는다고 한다. 수백 미터를 날리는 드라이버나, 단 몇 센티미터를 굴리는 퍼팅이나 한 타인 것은 매한가지인데도 사람들은 비거리에 대한 욕심이 있다.

"이경 회원님 이쪽으로 오세요." 스크린 앞에서 코치님의 음성이 들려왔다. 드디어 스크린 시합이 끝난 것이다. 나는 연습하던 드라이버를 들고 스크린 앞으로 갔다. 좁은 연습 타석에서만 서다가 비교적 넓은 스크린 앞에 서니 묘한 기분이 들었다.

"드라이버 한번 쳐보세요. 지금까지 연습했듯이 시원하게 한번 때려봐요."

코치님이 페달을 밟자 티 위에 골프공이 부드럽게 올라왔다. 뒤에서는 방금 막 스크린 시합을 마친 회원들이 나를 쳐다보고 있었다. 뒤통수에 눈이 달린 것은 아니지만 그 시선이 느껴졌다. 주변의 시선이 신경 쓰여 혼자서 밥도 잘 못 먹는 나는 이내 긴장이 됐다. 사무실에서 사장님만 뒤에 있으면 평소엔 잘만 하던 일도 이상하게 꼬일 때가 있다. 꼭 그런 기분이 들었다.

그래도 주변 시선 따위 아랑곳없이 휘둘러보기로 했다. 두 달간 열심히 연습했으니까. 연습은 배신하지 않는 거로 유명하지 않나. 호흡을 가다듬고 자세를 잡은 후 생애 처음으로 스크린을 향해 공을 날렸다. 우와. 날아간다. 날아간다. 공이 스크린에 닿자 실제 공은 바닥에 떨어졌지만 화면 속의 새하얀 공은 멀리멀리 날아가고 있었다. 화면 오른쪽 아래에는 비거리가 찍히고 있었다. 120m, 130m, 140m 점점 올라가던 숫자는 160이 되어서야 멈췄다.

비거리 160m. 태어나서 처음 스크린 앞에서 공을 쳐본 나의 드라이버 비거리는 160m가 찍혔다. 그 후 몇 번 공을 더 쳤다. 대부분 160m 정도가 나왔지만 드물게 180m가 나오기도 했다. 공이 바닥에서 많이 구를 때는 220m가 찍히기도 했다. 얼마 전 사본 골프 책에 초보 골퍼의 평균 드라이버 비거리는 150m 정도라고 되어 있었다. 이 정도 거리면 초보치고는 괜찮은 편 아닌가?

"스크린이 실제보다는 거리가 좀 길게 나오는 편이죠?"라는 질문에 코치님은, "아니에요. 똑같습니다. 똑같이 나와요."라고 대답했다. 어디선가 스크린은 실제보다 비거리가 길게 나온다는 얘길 들은 적이 있었다. 혹시라도 코치님의 스크린 부심은 아닐까. 기계가 아무리 좋다지만 실제로 그렇게나 똑같을까. 문돌이인 나는 일단 기계를 의심하고 본다.

열 번 정도 스윙을 했는데 비거리는 대체로 160m 이상이 나왔다. 문제는 방향이었다. 연습은 거리를 배신하진 않았지만, 방향감까지 안겨주진 않았다. 좌로 우로 공은 급커브 길을 돌아가듯 쭉쭉 옆으로 새어나가고 있었다. 공이 오른쪽으로 심하게 휘는 것을 슬라이스라고 하고 왼쪽으로 심하게 휘는 것을 혹이라고 한다. 내 공은 송대관의 〈네 박자〉 리듬이라도 타는 듯 슬라이스, 혹, 슬라이스, 혹이 번갈아 나왔다. 비거리가 300m가 넘는다 한들 방향이 틀어지면 말짱 꽝이다.

"코치님. 이게 지금 방향이 옆으로 날아가는 건가요?"

혹시나 내가 화면을 잘못 보고 있는 건가 싶어 질문을 던졌지만, 돌아오는 대답은 역시나였다. 코치님은 당연한 걸 묻느냐는 듯 대답했다.

"풀스윙하지 말고 가볍게 하프스윙으로 해보세요. 방향이 틀어져서 OB가 나면 헛수고야, 헛수고. 필드 나가서도 공이 좌우로 빠지면 이리저리 바쁘게 돌아만 다니고 아무런 실속이 없다고. 중앙으로 날릴 수 있게 가볍게 쳐봐요."

코치님 말대로 힘을 빼고 스윙의 크기를 줄였다. 이전보다 공은 확실히 중앙을 향해 날아갔다. 코치님도 "그렇지, 그렇게. 옳지. 굿 샷"을 외쳐주었다. 힘을 빼고 하프스윙을 했는데도 비거리는 풀스윙했을 때와 큰 차이가 없었다. 여전히 160m 언저리까지 공은 날아갔다. 스크린 비거리 측정을 마친 나는 휴대폰 메모장을 열었다. 골프와 관련하여 중요한 사항이 있을 때마다 잊지 않기 위해 문구를 적어놓곤 한다. 그곳에 새로운 한 줄을 타이핑했다.

'드라이버는 힘 빼기. 거리보단 방향에 집중'

가끔 삶을 논할 때 많은 현자들이 속도보다 방향성을 중요시한다. 어떤 일을 할 때 빠르기보다 올바른 방향이 중요하다는 것이 성공한 사람들의 공통된 의견이었다. 이런 방향의 중요성은 인생에서뿐만 아니라 드라이버 티샷도 마찬가지라는 생각이 들었다. 조금 힘을 빼더라도 방향감을 먼저 잡는 것이 초보 골퍼에겐 중요했다.

　처음은 언제나 신선함과 두려움이 공존한다. 첫사랑, 첫 키스, 첫 이별. 모든 게 그렇다. 태어나서 처음으로 스크린 앞에서 공을 날리고 비거리를 확인한 나는 대부분의 처음이 그렇듯 신선하면서도 두려운 기분이 들었다. 두려운 것은 다른 게 아니었다. 재미였다. 스크린 골프는 두려울 정도로 재미있었다. 맙소사. 그럼 실제 필드는 대체 얼마나 재미있는 걸까?

아들로
산다는 건

주말을 맞아 본가에 들렀다. 아버지는 아침부터 필드에 나가 라운딩을 돌고 정오가 되어서 집으로 돌아오셨다. 사람이 나이가 들면 아침잠이 줄어든다는데, 원체 부지런한 아버지의 아침잠을 골프가 더욱 빼앗고 있었다. 주말이면 으레 늦잠을 자야 한다고 생각하는 나는 아버지의 이런 부지런함이 존경스러울 정도다.

아버지는 얼마 전부터 집 근처로 골프장을 다니신다. 전에는 춘천이나 가평 등지로 라운딩을 다니시다가, 집에 손자라도 와 있는 날이면 조금이라도 빨리 아이들을 보고 싶은 마음에 자동차 액셀을 꾹꾹 밟으셨다고 한다. 골프를 사랑하는 아버지라지만 손자 사랑만큼은 아니었을 거다. 아버지는 운전할 시간을 줄이려 집 근처로 골프장을 옮기셨다고 했다.

몇 해 전 포천에 있는 골프장에서 집으로 오시는 길에 멧돼지를 만난 것도 골프장을 옮긴 이유 중 하나였으리라. IMF 외환위기 등 무수한 시대적 풍파를 경험한 아버지였지만 길 위에서 멧돼지를 만났을 때는 적잖게 놀라셨다고 한다. 골프가 아무리 자연 친화적인 운동이라도 길 위에서의 멧돼지는 누구라도 경험하고 싶지 않았을 테다.

너덧 시간은 걸리는 라운딩을 한번 돌고 오신 아버지와 함께 점심을 먹고는 다시 골프장으로 나갔다. 며칠 전에 아버지와 함께 실외 연습장에 가기로 약속을 한 터였다. 체력이 좋은 아버지라도 오전에는 라운딩, 오후에는 또 연습장이라는 일정이 괜찮을까 싶었는데 식사를 마친 아버지는 아무렇지 않다는 듯 "연습장 가보자. 골프채 챙겨 왔나?" 하셨다.

골프를 본격적으로 연습한 지 두 달 만에 아버지와 함께 연습장으로 나간 셈이다. 주중에 연습장에서 스크린 골프를 치며 비거리를 확인했지만, 기계를 믿을 순 없었다. 실외에서 공을 쳐보면 거리감이며, 방향감을 확실히 알 수 있겠지. 아버지 차를 타고 간 실외 연습장은 아버지가 다니는 골프장 안쪽에 있었다.

골프장은 본가에서 차를 타면 10분 거리에 있을 정도로 가까웠다. 차가 골프장 안으로 들어서자 실제 시합이 이뤄지는 넓은 필드가 사방으로 펼쳐져 있었다. 봄을 맞이하기엔 일렀는지 잔디는 누르스름했지만, 홀컵이 있는 그린만큼은 싱그러운 녹색 그대로였다. 누군가는 필드 위에 서서 공을 치고 있었고, 누군가는 카트를 타고 몸을 옮기고 있었다. TV 화면이 아닌 골프장의 실물을 처음으로 본 나는 묘한 흥분감이 일었다.

주차하고 트렁크에서 골프채와 골프화가 담긴 가방을 꺼내 들었다. 나는 연습실에서 한참을 연습했던 드라이버와 7번, 그리고 5번 아이언을 챙겨왔다. 여느 때와 마찬가지로 손가락 물집을 방지하기 위한 고무 밴드도 손가락에 끼워 넣었다.

운영 데스크에 지폐를 건네자 연습 공을 뽑을 수 있는 전용 코인으로 교환해줬다. 기계에 코인을 넣자 바구니에 골프공이 쏟아졌다. 나는 골프 바구니와 함께 타석 앞에 섰다. 실외 연습장의 타석 앞으로는 거리가 표시된 말뚝이 박혀 있었다. 타석 바로 앞에는 50m 지점이 표시되어 있었고, 그 뒤로는 150m, 200m 지점이 표시되어 있었다.

실외 연습장의 환경은 실내와는 확연히 달랐다. 시야는 탁 트여 시원시원했고, 실내에선 불어오지 않는 바람이 조금씩 불어오고 있었다. 며칠째 하늘을 어둡게 만들었던 미세먼지도 줄어든 날이었다. 바닥에 공을 놓고 아이언과 드라이버를 번갈아가며 쳤다. 아이언은 방향이나 거리가 생각보다 괜찮게 나왔지만 드라이버는 스크린에서 쳤던 것처럼 한쪽으로 휘어져 날아갔다.

연습장 스크린 기계를 의심했던 나는 스크린과 별반 다를 바 없는 결과에 기계에 대한 믿음이 생겨났다. 그리고 이때부터 아버지의 잔소리도 시작됐다. 아버지는 내 스윙을 봐주시다가 스탠스며 자세를 고쳐보라고 하셨다. 허리가 너무 늦게 돌아간다며 좀더 빨리 허리를 돌리라는 이야기도 하셨다. 손가락에 끼운 고무 밴드를 보시고는 그립을 너무 세게 잡아서 그렇다고 하셨다.

아이고, 아버지요. 저도 압니다. 알아요. 알아도 안 되는 게 있습니다요. 연습장 코치님도 내 스윙을 보고는 자세가 괜찮다거나 굿 샷, 나이스 샷을 외쳐주곤 했는데 당최 아버지에겐 만족스럽지 않은 듯했다. 아버지와 아들이라는 관계에서 피어나는 필연적인 잔소리였다.

아버지와 함께 지내다 보면 세상의 유명한 부자를 떠올린다. 아버지가 세계적으로 유명한 인물이라면 자식은 평생을 그 아버지의 자식이라는 꼬리표를 달고 살아야 한다. 아버지의 그늘이라는 것은 자식에게 때로는 시원함을, 때로는 어둠을 안겨준다. 비틀스의 존 레논과 그의 아이들이 그렇다. 존 레논의 첫째 아들 줄리안 레논은 다름 아닌 비틀스의 폴 매카트니가 만들었던 〈Hey Jude〉의 주인공이다.

줄리안 레논과 그의 동생 션 레논(존 레논과 오노 요코 사이의 아들로 줄리안 레논과는 이복형제다.) 모두 아버지 존 레논이 그랬던 거처럼 음악을 하지만 결코 아버지의 명성을 따라갈 순 없다. 아버지가 이뤄놓은 부를 발판 삼아 돈 걱정 없이 살 순 있더라도 아버지가 이뤄놓은 음악적 명성에는 다가설 수 없는 것이다.

나는 내 아버지를 생각하면 가끔 이런 부자지간이 떠오른다. 아버지는 무얼 하든 나보다 못하는 게 없는 사람이다. 골프든 일이든 모든 것이 그렇다. 아버지는 몇몇 골프 모임에 나가고 있다. 시간이 흘러 모임의 사람들은 점차 젊어지고 아버지 세대는 점점 뒤로 밀려나고 있다고 했다. 모임에서 주최하는 대회에서 우승도 하고 상도 받으신 아버지는 몇 년 후엔 당신 대신 내가 모임에 나가길 바라고 계신다.

가끔 아버지가 속한 골프 모임의 회원들을 만날 때면 사람들은 모두 입이 마르도록 아버지를 칭찬하시곤 했다. 골프 잘 치신다. 힘도 좋으시다. 샷도 정확하다. 많이 보고 배워라. 하는 이야기를 그들에게 듣고 있으면 나에겐 아버지에 대한 존경과 함께 어쩔 수 없이 부담감이 생겨버리곤 한다.

누구라도 자기 자식이 잘되길 바랄 거다. 내가 아무리 좋은 스윙으로 좋은 공을 쳐도 아버지는 더 나은 스윙과 더 좋은 샷을 하길 바라는 마음을 갖고 있을 거다. 장점을 이야기하기보단 단점을 고치길 바라는 마음이 들 것이다. 골프뿐만 아니라 모든 일에서 아버지는 자식이 좀더 잘되길 바란다. 그런 마음이 때로는 충고로, 때로는 잔소리로 들리는 게 문제지만.

가끔 아이들이 본가에서 심하게 뛰어다닐 때가 있다. 나는 이내 소리치며 그만 뛰라고 잔소리하지만, 그때마다 아버지는 손자 앞에서 인자하신 할아버지가 되곤 한다.

"좀 뛰게 놔둬라. 낮이라서 괜찮다."

아들의 아들에게만큼은 그 어떤 잔소리도 없이 방목하는 아버지를 보면서 아버지와 아들의 관계와 할아버지와 손자의 관계는 확실히 다르다는 걸 체감한다. 일단 나부터 내 아이에겐 잔소리를 달고 사니까.

아버지와 함께 공을 치는 순간은 분명 즐겁다. 같은 바람을 느끼며 같은 공간에서 공을 치는 것은 유년 시절 함께 캐치볼하길 꿈꾸던 로망을 조금이나마 이루어주었다. 다만 아버지가 손자에게 그러하듯 아들에게도 여유를 가지고 지켜봐준다면 내 마음은 조금 더 편해질 수 있지 않을까 하는 아쉬움도 함께 들었다.

아, 연습 공 두 바구니가 비워지고 연습을 마칠 때쯤 코치님이 가끔 나에게 해주시던 말을 아버지가 나에게 해주기도 했다. 그 말은 다름 아닌, "그렇지. 나이스 샷"이었다. 그전까지 아버지에게 들어왔던 잔소리가 모두 씻겨 사라지는 것 같았다. 아들로 산다는 건, 그러니까 뭐, 이런 일들의 연속인 것이다.

코치님의
실망감

주말에 실외 연습을 하고 새로운 일주일이 시작됐다. 여느 날과 마찬가지로 스포츠 센터를 찾았다. 레슨을 받기 전 코치님에게 주말에 있었던 일을 들려주었다. 레슨 과정에서 참고삼을 만한 내용을 최대한 공유하면 좋겠다는 생각에서였다.

"제가 주말에는 실외에서 연습했거든요. 아이언은 방향이 괜찮았는데 드라이버는 한쪽으로 좀 휘어서 가더라고요."

"그래요? 드라이버 한번 쳐봅시다. 실외 연습장은 어디로 갔다 왔어요?"

"구파발 근처요. 본가가 그쪽이라 아버지랑 같이 간 거예요."

"아버지도 골프를 치시나 보네?"

"네네. 골프 좋아하세요."

"어때요? 아버지가 자세 좋다고 안 그래?"

이때 코치님의 표정을 읽었어야 했다. 코치님은 분명 아버지가 만족하셨을 거란 대답을 기대했을 거다. 두 달간 열심히 가르쳤던 것에 대한 보상으로 그 정도 칭찬은 어렵지 않았을 테니까. 허나 눈치가 없는 나는 사실 그대로를 이야기했다.

"아버지는 아무래도 만족하시진 않죠. 부자 관계라는 게 그렇잖아요. 좀더 잘하길 바라시고 뭐 그러시더라고요."

안타깝게도 나는 아버지와 있었던 사실 그대로를 이야기하고 나서야 코치님의 표정을 읽을 수 있었다. 코치님의 눈은 분명 웃고 있었지만, 그 웃음에는 씁쓸함이 묻어났고 낯빛은 순식간에 어두워져 있었다. 코치님은 전혀 예상치 못한 답변을 들었다는 듯이 말을 이었다.

"그래요? 두 달 해서 이 정도면 훌륭한데……."

언제나 자신감 넘치던 코치님의 말투는 금세 시무룩해져 있었다. 나란 인간은 왜 이럴까. 굳이 안 해도 될 말을 해서 코치님에게 실망감을 안겨드렸다. 코치님은 마음속으로 두 달 해서 이 정도면 인간 만들어준 거지, 하고 생각하지 않았을까.

"아버지 연세가 어떻게 돼요?"

자세를 잡아주던 코치님은 난데없이 아버지의 나이까지 물어왔다.

"올해 예순다섯 되셨어요."

"잔나비띠네. 아니, 양띤가?"

어른들은 어쩜 이렇게 나이만 들어도 띠를 금방 알 수 있는 걸까. 어렸을 때 집에서 십이지신이나 육십갑자에 대해 따로 공부라도 하는 건가 싶었다. 천자문을 배울 때 자축인묘진사오미신유술해도 같이 배우는 건가. 암튼 그렇다는 대답에 코치님은 진짜로 속이 좀 상했는지 다시 한번 아버지에 대해 이야기했다.

"아버지가 욕심이 많으시구먼. 두 달 만에 다 선수처럼 칠 수 있나. 이경 회원 정도면 아주 잘하고 있어요. 자세가 괜찮아."

"네네. 감사합니다."

세상을 살다 보면 누군가는 나에게 채찍질을 하고 누군가는 나에게 당근을 준다. 골프와 관련하여 나에게 채찍질을 하는 사람은 아버지요, 당근을 주는 사람은 코치님인 것이다. 나란 인간은 태생적으로 쫄보로 태어났다. 누군가 윽박지르고 채찍질을 하면 더욱 나약해지고, 미약해지고, 연약해지고, 유약해진다. 암튼 간에 약해지는 것이다. 반면 누군가 당근을 던져주면 더욱 으쌰으쌰 할 수 있는 인간이다.

코치님도 프로 의식을 가지고 나를 가르쳤을 텐데 정작 주변에서 만족을 못 한다고 하니 속이 상했을 거다. 결국 우드와 어프로치(웨지)를 배우기로 한 날이었음에도 다시 드라이버를 교정하는 시간을 가졌다. 팔을 더 붙여라, 백스윙은 천천히 올려라, 손목 꺾지 마라, 같은 조언과 함께 지루하면서도 지난한 시간을 보냈다.

그러면서 코치님은 필드에 나갔을 때의 팁을 하나 알려주셨다.

"타이틀리스트 공 같은 거 하나 오천 원이 넘어. 공 하나 잃어버리면 순댓국 한 그릇 그냥 날아가는 거야. 처음 필드 나가면 로스트볼 막 주워서 치고 해야 돼. 지금 자세가 괜찮으니까 필드에서 욕심만 안 내면 공 많이 안 잃어버릴 거예요. 그래도 며칠만 더 드라이버 치고 우드 칩시다."

"네네. 알겠습니다."

아버지가 사주신 골프 가방에는 이십여 개의 중고 골프공이 들어 있다. 코치님의 말을 듣자 그 골프공들이 모두 순댓국으로 보였다. 필드에 나가면 몇 개의 공을 잃어버리게 될까. 엉뚱한 곳으로 날아가 찾지도 못할 공을 상상했더니 정말 골프공이 아닌 순댓국이 날아가는 광경이 떠올랐다. 코치님은 레슨이 끝났음에도 할 말이 더 있다는 듯 덧붙였다.

"아버지가 예순다섯이랬나? 아버지가 젊으시네. 어머니도 골프 쳐요?"

"어머니는 안 치세요."

"어머니도 같이 치면 좋은데. 아버지랑 같이 운동하면 좋아요. 재밌을 겁니다. 필드 나갈 때까지 잘해봅시다."

"네네. 감사합니다."

아무래도 코치님은 아버지와의 일화를 듣고서는 마음을 새로 가다듬는 듯했다. 레슨을 할 때도 평소보다 좀더 적극적으로 대해주셨다. 예정대로라면 우드와 어프로치를 배워야 할 시간은 이렇게 또다시 미뤄졌다. 아버지와의 일화를 코치님에게 이야기하지 않았더라면 진도가 좀더 빨리 나갈 수 있었을까.

중학생 시절 한 체육 선생님은 학생들에게 이런 말을 한 적이 있다.

"남자는 항상 세 끝을 조심해야 돼. 손끝, 혀끝, 그 끝. 알았냐? 이놈들아."

나는 살면서 항상 이 세 끝을 조심하고 살려고 노력한다. 그럼에도 혀끝을 조심하기란 참 어렵다. 해도 될 말, 꼭 해야 할 말, 하지 말아야 할 말, 굳이 안 해도 상관없는 말. 수많은 말들 사이에서 내뱉을지 말지를 고민하는 일은 전두엽을 피곤하게 만든다.

코치님에게 했던 아버지와의 일화는 굳이 안 해도 좋았을 말이었던 거 같다. 코치님은 마음의 상처를 받았을 테고, 진도는 느려졌다. 골프를 배우면서 말의 중요성을 다시 생각하는 시간을 가졌다. 혀끝을 조심해야 했어. 혀끝을. 말 한마디에 삼천 냥 갚는다던데 어쩐지 나는 손해를 좀 본 느낌이었다. 말도 인생도 참 어렵다. 그리고 골프도 참 어렵다.

우드와
신입의 등장

드디어 우드를 잡았다. 아버지와의 일화를 접한 이후로 어쩐지 코치님은 더욱 힘을 내서 레슨을 해준다. 코치님은 흥겹게 "우드 잡아보세요. 오늘은 우드 쳐봅시다." 하고는 레슨을 시작했다. 가방에서 우드를 꺼내보니 헤드의 비닐도 벗기지 않은 상태였다. 손톱이 짧아 비닐이 잘 벗겨지지 않았다. 코치님은 우드를 들고서는 직접 커터칼로 비닐을 벗겨주었다.

비닐을 벗긴다는 것은 새로운 상품의 사용 준비를 갖추었다는 얘기다. 비닐을 벗기는 순간이 즐겁다. 새 책의 비닐을 벗기는 일이나, CD의 비닐을 벗길 때 손끝에서는 묘한 희열감이 느껴질 정도다. 골프채의 비닐을 벗기는 일도 이와 다르지 않다. 드라이버와 아이언만 쳐오던 나는 비닐이 벗겨진 우드의 헤드를 한번 쓰다듬었다.

"우드는 쉬워요. 잘 맞을 겁니다."
코치님 말대로 우드는 아이언이나 드라이버를 처음 휘두를 때보다 훨씬 편안했다. 스탠스나 공을 놓는 위치, 자세 모두 아이언과 크게 다를 바 없어 생경함도 없었다. 대부분의 스윙이 스윗 스팟에 맞는 듯했고 공은 천막을 향해 경쾌하게 날아갔다.

"그렇지. 굿 샷. 나이스 샷"

코치님은 신이 난 듯했다. 그러고는 한마디 덧붙였다.

"이렇게 잘 치는데 아버지가 왜 점수를 안 주실까."

으악. 코치님은 의외로 속이 꽁한 사람일지도 모르겠다는 생각이 들었다. 코치님 탓이 아닙니다. 제가 잘못해서 그래요. 제가 나쁜 놈입니다. 어떻게 해서든 코치님의 마음을 편하게 해주고 싶었다.

"그날 제가 유난히 좀 못 쳤어요. 아하하."

5번 우드를 치고는 곧장 3번 우드도 연달아 쳤다. 하루에 두 개의 채를 시작한 것은 이번이 처음이었다. 그만큼 우드는 수월했다. 코치님도 처음 친 것치고는 만족스러운 눈치였다.

"우드는 좋네요. 잘 쳐요. 한동안 드라이버, 아이언, 우드 연습하고 어프로치 연습하면 되겠어요."

그렇게 우드를 처음 잡은 날의 레슨은 순탄하게 흘러갔다. 레슨을 받고서 혼자 연습하는데 그동안 연습장에서 못 보던 아저씨가 옆 타석에서 골프채를 휘두르고 있었다. 머리는 희끗희끗하고 체격이 꽤 큰 사십대 후반 정도로 보이는 사람이었다. 오오, 신입의 등장이었다. 신입 회원은 나와 마찬가지로 예전에 레슨 없이 골프 연습을 하다가 좌절을 겪고서는 오랜만에 다시 골프채를 잡는 것이라고 했다.

나는 주변인들의 권유와 압박으로 골프를 시작했지만, 신입회원은 어떤 사연이 있었기에 다시 골프채를 잡게 되었을까. 신입을 보면서 반가움과 궁금증이 함께 생겨났다. 국내 골프 활동 인구는 600만 명 정도라고 한다. 그 수치는 해가 갈수록 늘어나고 더불어 골프장도 점점 늘어난다고 한다. 골프를 치기 전에는 분명 관심 두지 않았을 많은 것들이 궁금하고 또 반갑다. 우리 연습장에도 골프 활동 인구가 한 명 늘어났다.

어느새 코치님은 옆 타석 신입 회원에게 다가가 레슨을 시작했다. 두 달 전에 내가 처음 레슨을 받던 날 경험했던 똑딱이가 그 시작이었다. 그립과 스탠스를 잡고 팔을 뒤쪽으로 45도 정도 올렸다가 앞으로 가볍게 공을 맞히는 간단한 연습. 신입 회원은 몸이 꽤 굳었는지 똑딱이도 쉽사리 쳐지지 못했다. 공은 떠오르지 못하고 바닥을 향해 구르기 일쑤였다. 코치님은 "연습을 한참 안 했나 보네요." 했다.

내 타석에서 연습하면서도 자꾸만 옆 타석 신입 회원에게 눈이 갔다. 꼭 두 달 전의 나를 보는 것 같았기 때문이다. 신입 회원은 자세 교정을 받으면서 허리 통증을 호소했다.

"안 쓰던 근육들을 쓰는 거라 무리하면 몸이 아플 겁니다. 오늘은 계속 몸 풀어가면서 가볍게 공을 맞히는 연습만 하세요."

나 역시 두 달 전에 코치님에게 들었던 말이다. 코치님의 말대로 골프 연습 초기에는 근육들이 아프고 손에 물집도 잡혀 고생했던 일이 떠올랐다. 어느새 두 달 만에 아이언과 드라이버, 우드까지 경험한 나는 신입 회원을 보면서 나 자신의 성장을 느낄 수 있었다.

분명 신입 회원도 두 달 정도 지나면 언제 그랬냐는 듯 아이언과 드라이버를 치고 자세가 좋아질 것이다. 시간이 흐르면 사람은 성장하고 발전하기 마련이니까. 당장 눈에 보이는 성장이 늦다 하여도 포기하지만 않는다면 몸에 쌓이는 경험은 배신하지 않을 테니까.

우드를 접하고 신입 회원을 만난 날 옆 타석 신입 아저씨의 성장을 마음으로나마 기원했다. 아무것도 모르고 골프채를 휘두르던 두 달 전의 나도 이제는 심심찮게 "굿 샷, 나이스 샷"을 듣고 있으니 누구라도 잘 해낼 것이다. 포기만 하지 않는다면 말이다. 만나서 반가워요, 신입 아저씨.

아이언의
비거리

연습장 회비를 내야 할 날이 지났다. 연습장에는 항상 지갑을 놓고 가는 바람에 이틀을 늦은 것이다. 오가는 현금 속에 믿음이 싹트는 법. 더 늦기 전 하얀 봉투 안에 연습장 이용료와 레슨비를 넣어 코치님에게 전했다. 레슨이 없던 수요일이었다. 코치님은 봉투를 건네받고 영수증을 써주면서, "오늘은 자율 연습 날이니까 그동안 쳤던 거 복습해봐요." 했다.

코치님에게 회비를 건네면서 앞으로 얼마나 더 레슨을 받아야 할지 궁금했다. 투어를 도는 프로 선수들도 여전히 레슨을 받는다고 들었지만, 나는 천지개벽하지 않는 이상 한평생 아마추어로 남을 것이다.

"코치님. 레슨은 얼마나 더 받으면 될까요? 연습장 다니는 동안 계속 받으면 좋을까요?"

"보통 석 달입니다. 석 달 레슨 받고 필드 경험해보고 공 안 맞는 중간에 또 받으면 돼요."

"아, 네네. 당분간은 계속 레슨 받을게요."

코치님의 말대로라면 이번 달이 마지막 레슨일 것이다. 더 배울 게 없을 리는 만무하다. 나는 아직 어프로치도, 퍼팅도 배우지 못한 상태였다. 공이 벙커에 빠질 때는 어떤 식으로 탈출해야 하는지도 모르는 초보 중의 초보. 당분간은 레슨을 더 받아야겠다는 생각을 하면서 타석 앞에 섰다. 전날 처음 잡았던 우드와 드라이버, 아이언을 번갈아 가며 연습했다.

10분 정도 연습을 하고 있었는데, 코치님의 음성이 들려왔다.

"이경 회원님. 7번 아이언하고 드라이버 가지고 와보세요."

코치님은 나를 스크린 앞으로 불렀다.

"오늘은 레슨이 없는 날이니까 서비스로 스크린 한번 쳐보세요. 아이언 비거리 한번 봅시다."

그러고 보니 전에는 스크린 앞에서 드라이버만 쳐봤다. 아이언의 비거리를 확인할 수 있는 좋은 기회였다. 얼마 전 실외에서 아이언을 쳐봤지만 정확한 비거리는 알 수 없었다. 코치님 말대로 기대하지 않았던 서비스 시간인 셈이다.

자세를 가다듬고 7번 아이언을 휘둘렀다. 화면 왼쪽 아래에는 공의 방향이 표시되었고, 오른쪽에는 비거리가 찍히고 있었다. 첫 샷은 살짝 왼쪽으로 기울었고, 비거리는 150m가 찍혔다.

순간 내 스윙을 구경하던 사람들 사이에서 웅성거림이 들려왔다. 그러곤 두 번째 샷. 공은 놀라우리만큼 한가운데 직선으로 날아갔다. 비거리는 처음과 마찬가지로 150m였다. 주변의 웅성거림은 더욱 커졌고 "와, 굿 샷, 나이스 샷" 하는 소리가 들려왔다.

"지금 몇 번 아이언으로 치는 거야?" 하는 누군가의 질문에 코치님은 별거 아니라는 듯 "7번."이라고 대꾸했다. 누군가는 코치님에게 내 구력을 묻기 시작했고, 이번에도 코치님은 별거 아니라는 듯 "두 달" 하고 짧게 힘주어 말했다.

"두 달인데 잘 치네."

"두 달이라고요?"

"진짜 7번 맞아요?" 하는 말들이 뒤에서 들려왔다.

연습 첫날 골프화를 신지 않았다고 타박하던 영감님도 이내 한마디 거들었다.

"체격이 크지 않은데도 거리가 잘 나오네. 희한하네."

아니, 이거 몰래 카메라인가요? 다들 이 정도 치는 거 아니었나요? 어쩐지 모두 비거리에 놀라는 눈치였다. 나는 7번 아이언 비거리 150m가 어떤 의미인지 몰랐다. 그 후에도 7번 아이언 샷은 꽤 안정적으로 날아갔다. 방향도 괜찮았고 거리도 150m 정도로도 일관되게 찍혔다. 코치님은 "필드 나가서 아이언 치면 OB는 안 나겠네." 했다. 내 스윙을 구경하던 누군가는 코치님에게 다가가 "드라이버, 드라이버" 하고 채근했다. 그는 분명 내 드라이버 비거리를 궁금해하고 있었다.

아아, 이것은 분명 기대감이다. 살면서 누군가에게 기대감을 안겨주었던 적이 얼마 만이던가. 매년 기념일마다 무언가를 기대하고 있을지도 모를 아내에게 실망감만 안겨주던 내가 아니었던가. 나는 어쩐지 부담이 됐다. 순간 동물원의 원숭이가 된 기분이었다. 공만 잘 치면 원숭이가 아닌 연습장 슈퍼스타가 될 수도 있는 시간이었다.

안타깝게도 아이언을 놓고 드라이버를 치자 방향은 들쭉날쭉했고 비거리도 7번 아이언과 큰 차이가 없었다. 드라이버 비거리는 160~180m 정도가 나왔다. 아이언 샷을 보고 칭찬했던 누군가 역시 "아이언하고 드라이버가 비슷하게 나오네." 하며 아쉬워했다. 슈퍼스타가 될 기회를 놓친 것이다.

스크린 서비스 시간을 끝내고 코치님은 내게 다가와 말했다.

"이경 회원. 지금 다른 사람보다 거리가 잘 나와요. 드라이버만 좀더 잘 치면 되겠어요."

처음 스크린 앞에서 드라이버 비거리를 쟀던 날을 떠올렸다. 그날도 드라이버 비거리는 160m 정도가 나왔다. 7번 아이언의 비거리가 150m 찍혔으니 내 스윙을 구경하던 한 회원의 말처럼 드라이버와 아이언의 비거리가 별 차이 없는 상황이었다.

연습을 마치고 집으로 오는 길에 휴대폰으로 '7번 아이언 평
균 비거리'를 검색해봤다. 자료마다 제각각이었지만 보통 아마
추어 골퍼의 7번 아이언 평균 비거리는 120~130m로 적혀 있
었다. 아, 사람들이 놀란 것도 무리는 아니었겠구나. 코치님 말
대로 내 7번 아이언의 비거리는 분명 평균을 웃도는 것 같았
다.

모든 스포츠가 그렇듯 골프도 전략이 필요한 게임이다. 내
아이언은 나쁘지 않다는 생각이 들면서도 드라이버는 개선이
필요해 보였다. 일단 아이언과 드라이버의 비거리가 비슷하다
는 것 자체가 이상한 일이니까. 잘 맞는 아이언은 좀더 보강하
고, 비거리가 짧은 드라이버의 약점을 보완한다면 필드에서도
분명 좋은 결과가 있으리라.

스크린 앞에서 휘둘렀던 드라이버는 대체로 비거리가 짧게
나왔지만, 마지막 샷을 할 때만큼은 온 정신을 집중해서 휘둘
렀다. 마지막 샷의 비거리는 200m가 나왔고 방향도 중앙에서
크게 벗어나지 않았다. 코치님에게 "드라이버, 드라이버" 하며
채근하고 기대했던 회원은 마지막 샷을 보고는 내게 나지막이
말해주었다.

"나이스 샷"

나는 어쩐지 쑥스럽고 고마운 마음에 회원을 향해 가볍게 고개 숙여 인사했다.

레슨이 없는 수요일이었지만 어느 날보다 큰 수확이 있던 날이다. 7번 아이언의 비거리를 확인할 수 있었고, 아마추어 골퍼들의 평균 비거리를 확인할 수 있었다. 주변 회원들의 칭찬에 자신감을 얻고, 드라이버가 부족하다는 것도 알게 되었다. 무엇보다 사람들이 말해주는 "나이스 샷"에 새삼 기분이 좋아지는 나를 만날 수 있던 날이었다. 오늘도 그리 나쁘지 않은 나이스 샷이었다.

샌드웨지를
잡다

진도가 빨라졌다. 우드를 잡은 지 일주일도 안 돼서 코치님은 "오늘은 어프로치를 할 겁니다."라며 샌드웨지를 꺼내 들게 했다. 웨지는 보통 로프트 각이 54~58도의 샌드웨지와 44~48도의 피칭웨지가 있다. 로프트 각도가 클수록 공은 높이 뜨고 거리는 짧게 날아간다. 샌드웨지, 피칭웨지 외에도 60도 이상의 로브웨지와 50~53도의 갭웨지가 있다지만, 내가 가지고 있는 채는 샌드웨지와 피칭웨지다. 웨지는 홀까지 거리가 짧은 곳에서 홀 근처에 공을 붙이는 목적으로 쓰는 채다.

코치님은 어프로치를 배우고 나면 스크린 골프나 필드 모두에서 시합을 할 수 있을 거라고 했다. 우드를 처음 꺼낼 때와 마찬가지로 샌드웨지의 헤드에는 투명한 비닐이 짱짱하게 씌어 있었다. 이번엔 내가 비닐을 벗겨 냈다.

샌드웨지를 이용한 어프로치 샷은 기존에 배웠던 드라이버나 아이언, 우드와는 많이 달랐다. 기존의 스윙이 비거리를 우

선으로 한 풀스윙이 목표였다면 샌드웨지를 이용한 어프로치
는 홀컵 근처로 공을 붙이는 것이 목적이니까. 그만큼 스윙도
크지 않고 방향과 거리감이 중요했다.

샌드웨지는 어드레스부터 스탠스와 볼 포지션 모두 기존에
해왔던 것과는 달랐다. 다리 폭은 좁았고 볼 포지션은 오른발
쪽에 가깝게 두었다. 코치님은 홀컵까지의 거리 70~80m 남았
을 때의 스윙과 20~30m 남았을 때의 스윙, 10m 이내의 가까
운 거리의 스윙, 3m 이내에서 공을 굴리는 방법을 차례대로
알려주었다. 벙커에 공이 빠졌을 때도 샌드웨지를 이용해 탈출
한다고 했다.

하루에 하나씩만 배우는 것도 벅찬데 여러 예시의 스윙을
배우려니 몸도 머리도 과부하에 걸릴 것 같았다. 그래선지 샌
드웨지로 스윙한 공은 똑바로 떠서 날아가지 않고 자꾸만 왼
쪽으로 휘어져 갔다. TV에서 골프선수들이 가까운 거리의 스
윙을 할 때는 참 쉬워 보였는데 역시 막상 해보면 쉬운 게 없
다.

코치님은 공이 왼쪽으로 가는 요인으로 여러 가지를 지적해
주었다. 몸이 너무 앞선다거나, 팔이 왼쪽으로 굽는다거나, 백
스윙이 좋지 않다는 식이었다. 아, 공 하나 치는데 눈에 보이는
문제점이 이렇게나 많다니.

여러 예시를 들며 레슨을 한 까닭인지 코치님은 이런저런 비유를 써가며 나를 이해시켰다.

"소가 밭을 갈 때 뒤에 쟁기가 따라오잖아요. 쟁기가 앞으로 가면 안 되겠지? 지금 팔이 앞서 나오는 건 쟁기 뒤에 소가 따라오는 거와 같아요."

"샌드웨지는 공을 띄울 줄 알아야 합니다. 마치 개구리가 폴짝 점프하듯이 떠야 해."

"필드에서 어프로치를 잘못하면 온탕, 냉탕 왔다 갔다 해야 합니다."

"돌멩이를 목표 지점에 던진다는 생각으로 가볍게 치세요. 돌 던져봤죠?" 같은 식이었다.

코치님 눈에는 내가 돌 좀 던져보게 생겼던 걸까. 돌을 던져본 기억은 많지 않지만 어릴 때 비슷한 걸 던진 기억은 있다. 세상에 나쁜 짓은 초등학생 때 다 한 기분이다. 내가 초등학생이던 시절에는 물폭탄이 인기 있었다. 풍선에 물을 가득 담아 아파트 2, 3층 높이에서 던지며 놀았다. 어릴 때는 이게 얼마나 위험한 짓인지 몰랐다.

그때는 지금과는 달리 만화나 비디오를 대여해주는 곳도 많았는데 무슨 생각인지 그런 가게에 문이 열려 있으면 물폭탄을 던지고 도망치곤 했다. 연체비에 앙금을 품은 것도 아니었는데 왜 그랬을까. 코치님이 말한 돌멩이를 듣고서는 철없던 어린 시절이 떠올라 얼굴도 기억나지 않는 비디오 가게 아저씨에게 반성하는 시간을 가졌다.

한편 코치님은 필드에서 점수를 줄이려면 어프로치가 중요하다면서 아마추어들은 어프로치에 가장 많은 연습을 할애해야 한다고 했다. 연습장에서 가끔 다른 회원들의 연습 장면을 지켜본다. 연습장에서 어프로치를 연습하는 사람은 많지 않다. 대부분은 7번 같은 기본 아이언이나 드라이버, 우드를 연습한다. 그도 그럴 것이 어프로치 샷은 뭔가 때리는 맛이 없었다.

다른 골프채로 공을 맞힐 때는 소리도 경쾌하고 특유의 손맛도 있고 스트레스도 풀리는 기분인데 어프로치에는 그런 매력이 없었다. 골프에서 각 골프채의 스윙 비중을 본다면 처음 거리를 낼 때가 40%, 홀컵 가까이 공을 붙이는 어프로치가 20%, 그린 위 퍼팅이 40%라고 한다. 어프로치 숏 게임의 비중은 가장 적지만 가장 중요하다고 한다. 어프로치를 잘하면 한 번으로 끝낼 수 있는 퍼팅이지만, 어프로치를 그르치게 된다면 퍼팅을 두 번, 세 번 해야 하기 때문이다.

세상에는 재미가 없어도 해야만 하는 일이 있다. 자기 계발을 위해서는 공부를 해야 하고, 돈을 벌기 위해서는 일을 해야만 한다. 세상에 공부와 일이 재미있어서 하는 사람이 얼마나 있을까. 분명한 건 나는 아니다. 골프에서는 어프로치가 그런

거 같다. 스윙하는 재미는 없지만 중요하기 때문에 연습이 필요하다. 필드에서 어프로치 스윙으로 홀컵 가까이 원하는 지점에 공이 붙는 상상을 하며 연습을 했다.

어프로치를 연습하며 무언가에 가닿길 바라는 마음에 대해서도 생각했다. 이런 마음은 골프 어프로치에만 국한되지 않는다. 사랑하는 연인에게는 마음이 가닿길 바라고, 글을 쓸 때는 글이 독자에게 가닿길 바란다. 어프로치Approach. 무언가에 다가간다는 그 뜻이 어쩐지 나는 맘에 들었다.

아이언을 시작으로 드라이버와 우드. 그리고 어프로치까지 배우고 나서 집으로 돌아오는 길에 달력을 확인했다. 필드에 나가기까지는 이제 겨우 열흘이 남아 있었다.

슬럼프와
손 저림

슬럼프slump와 징크스Jinx. 운동선수 관련 기사를 통해 자주 접하는 단어다. 슬럼프는 한동안 자기 실력을 발휘하지 못하는 상태를 뜻하고, 징크스는 불길한 일을 뜻한다. 가령 운동선수가 시합에서 꼭 빨간 팬티를 입는다거나, 수염을 깎지 않아야 징크스를 피한다는 식으로 쓴다.

나는 어릴 때 이상하게 이 두 단어가 헷갈렸다. 슬럼프를 써야 할 땐 징크스가 떠올랐고, 징크스를 써야 할 때는 그 반대였다. 일본의 에세이스트이자 만화가인 마스다 미리는 〈평범한 나의 느긋한 작가생활〉에서 평생 픽션과 논픽션을 구분하지 못할 거라고 했다. 픽션과 논픽션 중 어느 것이 실제이고, 허구인지 구분하기 어렵다는 내용이었다. 많은 작품을 쓰고 그리는 마스다 미리도 헷갈리는 단어가 있다는 것을 보고는 어쩐지 안도감이 들었다.

초등학생 때는 이런 일도 있었다. 지금은 초등학교 한 반이

스무 명 정도라지만 나 때는 한 반에 오십 명 정도의 학생들이 있었다. 남자아이들만으로도 축구 시합이 가능했던 체육 시간, 축구를 하는데 같은 편에서 수비를 보던 친구가 상대편 공격수에게 이런 말을 했다.

"야, 너 오바이트하지 마."

그 녀석은 아마 오프-사이드Off-Side를 말하고 싶었으리라.

휴대용 가스버너의 대명사가 된 '부르스타'를 가리키면서는 '바리스타'라고 부르기도 하고, 〈Feel So Good〉으로 유명한 뮤지션 척 맨지오니Chuck Mangione의 이름은 지금도 맨지오니인지 맨지니오인지 헷갈린다.

아무튼 골프를 시작한 지 이제 막 두 달 된 나에게 징크스 따위는 없다. 다만 슬럼프가 찾아왔다. 속된 말로 더럽게도 공이 안 맞았다. 평소엔 잘만 맞던 아이언조차 땅볼이 나오기 일쑤였다. 온 정신을 집중하고 스윙을 해도 마찬가지였다. 그때마다 코치님은 풀스윙을 자제시키고 하프스윙만을 시켰다. 하프스윙을 할 때는 공이 곧잘 맞았지만 다시 풀스윙을 하고 나면 이내 공은 떼구루루, 영락없는 슬럼프다.

결과가 엉망이라면 원인을 찾아야 하는 법. 며칠 전부터 오른손이 심하게 저렸다. 한밤중이나 자고 일어날 때 특히나 통증은 심하다. 낮에 생활할 때는 또 괜찮아져서 별거 아니라고 여겼는데 어느새 연습장에서도 이 손 저림 증상이 나타난 것이다. 보통은 손이 저렸지만 때로는 팔꿈치까지 통증이 이어졌다. 아무리 생각해도 슬럼프의 원인은 손 저림 때문인 것 같았다.

인터넷에는 수많은 전문가와 비전문가가 혼재한다. 이 중에서 전문가의 의견만을 찾아보기로 했다. 골프를 치면서 손 저림 증상은 흔하게 일어나는 일이었다. 얼마나 흔하면 병명 자체도 골프 엘보Golfer's Elbow였다. 우리말로는 내측상과염. 비슷한 거로는 외측상과염이 있었다. 테니스에서 백스핀을 자주 하는 사람들이 걸리고 병명은 테니스 엘보Tennis Elbow라고 했다.

골프 엘보가 오면 팔꿈치에서 시작해서 손이 저리고, 심해지면 손에 힘을 줄 수 없다고 했다. 꾸준히 손목 스트레칭을 해야 하고 만성이 되기 전에 치료가 필요하다는 게 인터넷에서 찾아본 정보였다. 물론 나는 의사가 아니지만 두 달 전부터 평소 하지 않던 팔운동을 한다는 점에서 충분히 의심이 갈 만한 상황이었다. 의사가 싫어하는 환자 중 하나가 스스로 병명을 확신해서 오는 환자라던데, 어느새 나는 스스로 골프 엘보 환자라는 확신이 들었다.

뭔가 건강해지기 위해 운동을 시작한 건데, 운동하면서 아픈 곳이 생기니 억울한 마음이 들었다. 건강한 사람이 평소 안 하던 팔운동을 하면 생기는 병이라고도 하니, 나는 원래 건강한 사람이라는 건가. 골프 엘보는 뭔가 병 주고 약을 주는 듯한 병이군 싶었다.

골프뿐만 아니라 평소에 손을 쓸 일이 많다. 사무실에서는 늘상 컴퓨터 앞에 앉아 마우스를 잡고 있고, 글을 쓰는 시간에도 손가락과 손목은 바쁘게 움직인다. 손과 팔을 자주 쓰다 보니 아픈 게 이상한 일은 아니지만 그래도 공이 안 맞으니 억울한 심정이 들었다.

슬럼프가 길어져선 곤란하다. 파스와 통증 패치를 손과 팔꿈치에 붙이고 다니지만 조만간 병원에 가서 검사를 받아야만 한다. 진짜로 골프 엘보인지 혹은 다른 문제가 있는지도 의사선생님을 통해 들어봐야겠다. 아픔이 만성이 되어서는 안 되니까. 골프를 칠 때마다 손과 팔이 아파서는 안 되니까.

그래도 연습장에서 30분 정도 공을 치다 보면 서서히 손 저림 증상은 사라진다. 술꾼은 해장술로 숙취를 해결하고, 운동인은 운동으로 운동의 피로를 해결한다고 하더니. 나도 슬슬 골프로 생긴 통증을 골프로 해결하는 사람이 된 건가 싶어 저린 오른손을 움켜쥐고는 웃음이 새어나왔다.

운동하면서 결코 겪고 싶지 않은 것이 있다면 단연 슬럼프다. 슬럼프를 이기고 나면 그때는 징크스라 부를 만한 무언가가 또 생길지는 모르겠지만.

D-7,
과감함이 필요해

필드 약속까지 남은 시간은
이제 일주일. 코치님은 드라이버가 안 맞을 때는 드라이버 교
정을, 아이언이 안 맞을 때는 아이언을 교정해준다. 한마디로
새롭게 알려주는 것은 없었다. 나는 레슨 진도가 다 나간 건
가? 하는 의심이 들었다. 난 분명 아직 안 배운 게 있는데. 바
로 퍼팅. 코치님에게 퍼팅에 대해서는 어떠한 레슨도 받은 적
이 없었다.

코치님에게 자세 교정을 받으며 잘 안 되는 것부터 차례대
로 질문을 던졌다. 말 그대로 닥치는 대로 궁금한 걸 물어봤다.
얼마 전 배운 샌드웨지 스윙이 어려워 거리별 스윙 체크를 다
시 했고, 벙커에서 탈출하는 법을 물었다. 샌드웨지가 아닌 피
칭웨지를 써야 할 때는 어떠한 경우인지도 물었다.

궁금했던 걸 물어보고 대답을 들은 나는 레슨이 끝날 때쯤
코치님에게 퍼팅에 대해서도 질문을 던졌다.

"그런데 코치님. 퍼팅은 레슨이 따로 없고 혼자 연습하면 되
나요?"

코치님은 의외라는 표정을 지으며 대답했다.

"엥? 내가 안 알려줬어요?"

"네……."

"허허허. 깜빡했나 보네. 퍼터 들고 이리 와봐요."

사실 퍼팅은 혼자서 연습을 해왔던 터였다. 퍼팅의 그립은 일반적으로 정해진 몇 가지 보통의 골프 그립과는 달리 자기 편한 대로 잡으면 그만이었다. 코치님에게 퍼팅 레슨을 받지 않았던 나는 평소 유튜브 등을 통해 퍼팅 레슨 동영상을 봐왔기에 딱히 코치님의 레슨이 없어도 연습하는 데 무리가 없었다. 주입식 교육에 익숙한 내가 골프를 통해 자기주도 학습능력을 깨우치다니. 이 사실을 엄마가 알면 칭찬을 할까, 욕을 할까.

가끔 연습장의 타석이 꽉 차면 홀로 퍼팅 연습을 하였기에 코치님은 당신 스스로 퍼팅 레슨을 해주었을 거라 착각했을지도 모를 일이다. 코치님은 그립과 퍼팅의 연습법을 알려주었다. 그립은 역시나 편한 대로 잡으라는 내용이었다. 연습은 홀컵에 거리별로 공을 놓고 차례대로 넣어보라든지, 같은 거리에서 각도별로 공을 놓고 차례대로 공을 넣어보라는 식이었다. 이런 연습 방법 또한 이미 유튜브 영상에서 봐왔기에 익숙했다.

다만 어느 팔로 공을 치냐를 놓고는 내가 유튜브에서 본 것과는 달랐다. 내가 본 유튜브 속 레슨 골퍼는 퍼터를 오른팔로 치라고 했는데, 코치님은 왼쪽 어깨를 이용해 치라고 한 것이다. 나는 지금껏 오른팔로 퍼팅 연습을 해왔다. 나는 코치님의 말을 잘 듣는 모범생이라고 자처한다. 하지만 이 좌우 팔 퍼팅은 내게 진보, 보수 정치의 대립만큼이나 팽팽하게 다가왔다.

오른팔로 치느냐, 왼팔로 치느냐 하는 것은 죽느냐 사느냐만큼 큰 고민은 아니었지만 나는 선택을 해야 했다. 코치님에겐 네네 하고 왼팔로 치는 것으로 알아듣는 척했지만 어쩐지 나는 오른팔로 공을 치는 것이 더 정확하게 굴러가는 기분이 들었다. 코치님의 말을 잘 듣는 모범생으로 남을 것인가, 코치님의 설명에 반하는 항명을 택할 것인가. 필드까지 겨우 일주일 남은 나는 오랜 시간 고민할 수가 없었다.

결국 코치님이 가르쳐준 것과는 달리 지금껏 익숙하게 연습했던 대로 오른팔을 쓰기로 했다. TV나 유튜브에서 여러 레슨 골퍼들의 레슨을 보다 보면 같은 상황에서도 전혀 다른 방법을 알려주는 경우가 있다. 사람마다 지문이 다르듯 신체 구조와 컨디션이 모두 다르다. 누군가는 허리가 굽었을 수도 있고, 누군가는 팔이 유난히 길 수도 있다. 결국 자기 몸에 맞는 방식을 택하다 보니 딱히 정해진 방식이 없는 것도 생기는 게 아닐까 싶었다.

선수들이 시합에서 퍼팅하는 모습을 보면 다른 골프채를 들었을 때와는 달리 각자의 개성이 묻어난다. 퍼터를 길게 잡고 과감하게 치는 사람이 있는가 하면, 짧게 잡고 안전하게 치는 사람도 있다. 대부분의 아마추어들은 퍼팅을 할 때 홀컵이 있는 위치보다 짧게 친다고 한다. 공이 홀컵을 지나칠까 봐 심리적으로 두려운 마음이 들기 때문이란다.

나는 전형적인 쫄보 아마추어다. 쫄보인 것도 서러운데 아마추어까지 더해지니 얼마나 소심하랴. 퍼팅 연습을 하다 보니 나 역시 대체로 공을 짧게 치고 있었다. 코치님은 홀컵의 뒷면을 노리고 공이 살짝 지나가도 좋으니 과감하게 치라고 알려주었다. 때로는 과감한 행동이 필요할 때가 있다. 퍼팅에서 어느 팔로 공을 쳐야 할지 선택하는 것과 홀컵에 공을 넣기 위해선 과감함이 필요했다. 이럴 때 말고 내가 또 언제 과감한 사람이 될 수 있을까.

모든 골프의 스윙이 그렇지만 퍼팅 역시 방향과 거리감이 중요하다. 특히 퍼팅의 거리감을 익히기 위해선 많은 연습 말고는 별다른 방법이 없을 것 같았다. 코치님도 퍼팅은 연습만이 실력을 늘릴 수 있다고 했다. 코치님은 집에 퍼팅 매트를 사서 연습하는 것도 좋은 방법이라고 했다. 코치님, 그런데 저희 집에는 이미 층간 소음 유발자 아들 2호가 살고 있는데요. 결국 골프 연습은 연습장에서만 하기로 했다.

코치님과 퍼팅 연습을 하며 일주일 뒤에 있을 시간을 상상

해보았다. 초보 골퍼들이 필드에 나가서 좌절하는 가장 큰 이유 중 하나는 평지가 없기 때문이란 소리를 들었다. 항상 평지에서 공을 치는 연습장과 달리 필드에서는 티샷을 할 때를 제외하곤 오르막이든 내리막이든 경사가 있어서 초보 골퍼들은 당황하고 황당해한다는 얘기였다. 퍼팅하는 그린 위도 마찬가지다. 그린마다 높낮이가 다른 경사를 마주하며 공이 휘는 지점을 예측하여 퍼팅을 해야 한다.

4인이 한 조가 되어 진행하는 필드 위 골프 게임에서 내가 세운 목표는 여전히 탈꼴찌다. 이게 가능한 목표인지 아닌지는 여전히 가늠이 어렵다. 바람과 경사 등 연습장과는 다른 수많은 변수를 미리 예상한다 하여도 나 역시 당황과 황당의 늪에 빠져 허우적거릴지 모른다. 3년 전부터 골프를 치자는 권유를 버티고 버티다 골프채를 잡기 시작한 지 이제 석 달 남짓. 코치님과 퍼팅 연습을 마치고는 머릿속에서 필드 약속까지의 디데이를 줄여나가고 있었다. D-7. 일주일이 남았다.

D-5,
다시 실외 연습장

🏌 필드 나가기 전 마지막 주말
이 왔다. 토요일, 부모님 댁에 들렀다가 아들 1호가 기어코 할
머니 집에서 자겠다고 성화를 부렸다. 결국 아내와 아들 2호하
고만 집으로 돌아왔다. 다음 날인 일요일 점심쯤 아들 1호를
데리러 홀로 본가에 갔다. 아들 1호를 집으로 데리고 오자 아
내는 어린 아들 2호와 낮잠을 자고 있었다. 나는 아들 1호와
집 근처 키즈 카페로 갔다.

토요일엔 본가에 간다고, 일요일엔 아들 1호와 시간을 보낸
다고 골프 연습장엔 갈 수 없었다. 필드 약속 전 마지막 주말
을 이렇게 보낼 순 없었다. 난 7번 아이언과 드라이버를 제외하
곤 각 골프채의 비거리가 얼마나 나오는지 알 수 없어 초조해
졌다. 이른 시간 저녁을 먹다가 기회를 엿보고선 아내에게 말
했다.

"나 밥 먹고 실외 연습장 갔다 오면 안 될까?"

아내는 잠시 침묵했다. 내겐 그 침묵의 시간이 몹시도 길게
느껴졌다. 아내여, 부디 침묵하지 마소서. 이윽고 아내는 입을

151

열었다.

"얼마나 걸려? 갔다 와."

야호. 나는 속으로 신이 났지만 내색하진 않았다. 주말에 아내에게만 아이들을 맡겨놓고 공을 치러 간다는 일이 미안하게 느껴졌기 때문이다. 이미 오후에 아들 1호와 키즈 카페에 머물면서 집 근처 실외 골프 연습장을 물색해둔 상태였다. 집에서 3km 이내에 두 곳의 실외 연습장이 있었다. 한 곳은 가격이 비쌌지만 집에서 가까운 거리였고, 한 곳은 가격이 상대적으로 저렴했지만 시설이 좋지 못한 곳이었다.

이미 해가 떨어진 늦은 시간. 나는 가격이 좀 나가더라도 집에서 가장 가까운 실외 연습장으로 가기로 했다. 스포츠 센터 사물함에 있던 골프 가방과 신발 가방을 자동차 트렁크에 실었다. 얼마 전 필드에 나갈 때 쓰려고 산 골프 모자도 챙겼다. 실외 연습장으로 차를 몰고 가니 늦은 시간임에도 주차장엔 차가 가득했다. 준비해 온 골프 용품들을 챙겨 안내 데스크로 갔다.

실외 연습장의 60분 이용료는 이만 원이었다. 집 앞 스포츠 센터의 한 달 이용료가 이만 원인 걸 생각해보면 확실히 실외 연습장 비용은 비쌌다. 필드 나가기 전 마지막 실외 연습일 텐데 주저할 순 없다. 60분은 짧은 것 같아 90분 비용으로 삼만 원을 결제했다. 연습장 타석은 1층에서 4층까지 있었다. 내가 배정받은 타석은 2층이었다. 데스크 안내원은 앞선 사람의 시간이 4분 정도 남아 있고, 종료 5분 후 자동으로 내 시간이 카운팅된다고 했다.

2층에 올라가자 사람들로 가득했다. 연세 지긋한 할아버지, 배가 나온 아저씨, 옷을 곱게 입은 아주머니, 젊은 청년 등 다양한 사람들이 주말 저녁 공을 치고 있었다. 아버지와 함께 실외 연습장에서 공을 쳐본 경험은 있지만 홀로 실외 연습장을 찾은 것은 이번이 처음이었다. 앞선 사람의 시간이 종료되고 드디어 내 시간이 왔다. 90분간 열심히 연습할 시간이다.

나는 7번 아이언을 시작으로 모든 골프채를 꺼내 비거리를 재기 시작했다. 7번 아이언은 연습장에서와 마찬가지로 150m 정도의 거리가 나갔다. 6번은 7번보다 10m가 더 나갔고, 5번은 6번보다 또 10m 정도가 더 나갔다. 우드는 180~200m 사이를 오갔다. 물론 모두 잘 맞았을 때의 얘기다. 실외 연습장은 좌우 폭이 좁았지만 가장 먼 곳까지의 거리는 200m였다. 가장 먼 곳 천막에는 둥근 표적 표시가 있었고, 이 표적을 맞히면 비거리는 200m가 넘는다는 얘기일 것이다.

드라이버 비거리는 200m 가까이 나왔지만 방향이 들쑥날쑥했다. 드라이버를 점검한 나는 숏아이언을 꺼내 들었다. 얼마 전부터 연습했던 샌드웨지로 20m, 50m, 70m 지점에 공을 날려보았다. 피칭웨지로 하프스윙을 하자 공은 80~90m 정도를 오갔다. 문제는 8, 9번 아이언이었다. 계산상 8, 9번 아이언의 비거리는 120~140m 정도가 오갈 것 같았는데 나는 8, 9번 아이언의 비거리를 구할 수 없었다. 8, 9번 아이언의 탄도는 무척이나 높게 잡혀 공이 천장을 맞추고 뚝 떨어졌기 때문이다.

흠. 이건 내 예상에 없던 건데. 다음에 실외 연습장에 오게 된다면 1층에서 쳐봐야겠다는 생각이 들었다. 어느새 그렇게 90분이 흘렀다. 필드 나가기 전 마지막 주말에 실외 연습장을 찾아 비거리를 확인한 것은 큰 수확이었다. 비록 8, 9번 아이언의 비거리는 정확히 알 수 없었지만, 다른 골프채의 거리감은 확인할 수 있었다. 나는 골프채별로 대략적인 평균 비거리를 휴대폰 메모장에 적어두었다.

실외 연습장 이용권을 끊자 안내 데스크에서는 무료 사우나 이용권도 주었다. 내가 연습했던 곳은 실외 연습장과 함께 헬스장, 식당, 사우나 등 여러 부대시설이 마련되어 있었다. 나는 사우나 시설이 궁금했지만, 공만 치고는 집으로 돌아왔다. 날씨가 선선해 땀을 거의 흘리지 않기도 했고, 주말 저녁 아내에게만 아이들을 맡겨 둬서는 곤란하니까.

90분에 삼만 원은 많다면 많고, 적다면 적은 돈이다. 집으로 돌아오는 길에 연습장 이용료를 떠올리며 문득 돈을 열심히 벌어야겠다는 생각이 들었다. 돈을 열심히 벌어야겠다는 생각을 한 게 언제였던가. 아내와 결혼할 때. 아들 1호가 태어났을 때. 아들 2호가 식탐을 부릴 때 정도였던 거 같다. (아들 2호가 좀 잘 먹는다.) 실외 연습장에서 집으로 돌아오는 차 안에서 다시금 이런 생각을 했다.

평범한 직장인인 내가 골프를 배운다고 해서 천날만날 필드에 나갈 수는 없을 것이다. 두세 달에 한 번 나가면 잘 나가는 게 아닐까? 돈 깨질까 봐 골프채 잡기를 겁내던 내가 골프채를 잡고선 돈을 많이 벌어야겠다는 생각을 하고 있다니. 세상일과 사람 마음은 이다지도 급변하는구나. 어쨌거나 필드까지는 이제 5일이 남았다.

D-3,
다시 스크린 골프

필드까지 디데이는 이제 3일. 코치님은 레슨을 하기 전 내게 물었다.

"필드 언제 나간다고 했지? 다음 주랬나?"

"금요일이요. 이번 주 금요일이네요."

"내일모레네?"

코치님은 나에게 레슨 대신 몸을 풀고 있으라고 했다. 연습장 스크린에서는 아주머니 네 분이 시합을 하고 있었다. 십여 분이 흘러 아주머니들은 시합을 마치고 연습장 소파에 앉아 방금 막 끝난 게임을 복기하며 수다를 떨고 있었다.

"이경 회원님, 이쪽으로 가방 들고 와보세요. 몇 홀만 쳐봅시다."

코치님은 필드에 나가기 전 예행연습을 해봐야 한다면서 나를 스크린 앞에 세웠다. 전에 연습 모드로 아이언과 드라이버 스윙을 해본 적이 있지만 이제는 실전과 다름없다. 모든 골프 채를 활용해야 할 시간이다.

스포츠 센터 연습장이나 실외 연습장에서는 아무렇지 않은
데 왜 스크린 앞에만 서면 긴장이 될까. 나는 현진영도 아닌데
엉거주춤했다. 첫 홀은 Par 4였다. 호기롭게 드라이버 티샷을
날렸지만 공은 한가운데로 날아가지 못하고 측면으로 빠져 날
아갔다. 결과는 OB. 코치님은 지금 샷은 없던 거로 하자며 다
시 스윙할 기회를 주었다.

멀리건Mulligan이었다. 멀리건은 아마추어 골퍼 사이의 관행
이었다. 샷을 엉망으로 쳤을 때, 없던 걸로 하고 다시 기회를
주는 것을 뜻한다. 아일랜드의 멀리건이라는 사람으로부터 유
래했다는 설이 있는데, 공을 다시 치게 해달라는 우기기의 대
가였다고 한다. 나는 스크린 골프를 처음 경험하자마자 이 멀
리건 찬스를 쓴 것이다. 앞으로 나도 우기기의 대가가 될 것인
가.

마음을 가다듬고 다시 스윙했지만 이번에도 공은 엉뚱한 방
향으로 날아갔다. 다행히 OB가 나진 않았지만 만족스러운 스
윙은 아니었다. 나는 아이언과 샌드웨지를 이용해 세 번 만에
그린 위로 공을 올렸다. 홀컵까지의 거리는 약 8m. 스크린 속
그린의 경사는 완만했고, 바람도 없었다. 8m라는 거리가 어느
정도인지 화면만 봐서는 가늠하기 어려웠다. 퍼팅에는 과감함
이 필요하니까. 과감하게 뭐, 대충 이 정도겠지. 하고 퍼팅했는
데 뒤에서 한 아주머니가 말했다.

"홈런이네, 홈런이야."

분명 홀컵까지의 거리는 8m였는데 내가 퍼팅한 공은 16m를 굴러 다시 8m 지점에 공이 놓였다. 과감함이 너무 과했구나. 이 무슨 악마의 장난 같은 일인가. 결국 퍼팅 두 번을 더한 결과 첫 홀은 더블보기를 기록했다.

두 번째 홀은 Par 5의 거리가 먼 홀이었다. 드라이버와 아이언, 피칭웨지를 이용해 홀을 진행한 나는 이번에는 보기를 기록했다. 공을 칠수록 소파에 앉아 있던 아주머니들이 한마디씩 내뱉었다.

"스크린 처음 치나 보다."

"폼은 괜찮은데 스코어가 안 나오네."

하는 남들이 다 들을 수 있는 독백 형식의 말이 있는가 하면, (결국 독백이 아니잖아요……)

"화면을 보고 왼쪽, 오른쪽 구분해서 쳐야 해요." 하는 조언도 들려왔다.

어떤 아주머니는 "아이고, 저런." 하며 혀를 차기도 했다.

그동안 내게 당근을 안겨주던 코치님도 나를 채찍질하기 시작했다.

"공을 끝까지 보고, 피니쉬도 끝까지 하세요."

"지금 아무 생각 없이 공을 치는 거예요."

"이렇게 치면 어디 가서 나한테 배웠다고 하면 안 돼요."

"당장 내일모레 필드 나가는데 큰일이네, 큰일이야."

아주머니들의 속사포 같은 수다와 코치님의 채찍에 나는 한 껏 움츠러들었다. 세 번째 홀은 160m 거리의 Par 3홀. 나는 비 거리 150m를 내는 7번 아이언을 꺼내 들었다. 나름 가장 자신 있는 골프채였다. 공은 평소보다 조금 못 미치는 140m 지점에 떨어졌다. 뒤에서 또 소리가 들려온다.

"지금 몇 번 아이언으로 친 거예요?"

코치님이 7번이라고 하자 아주머니들은 놀라워했다. 코치님 은 7번 아이언 비거리만 보면 프로나 다름없다며 당근 한 조 각을 던져주었다. 이번에도 나는 보기를 기록했다.

코치님이 마지막 한 홀만 더 해보자며 Par 4의 홀에 도전했 지만 두 번의 OB가 나면서 나는 8타로 홀을 마쳤다. 네 홀을 도는 동안 4, 5, 3, 4. 도합 16타 기준에 나는 6, 6, 4, 8타를 기 록했다. 네 홀 만에 8오버파. 계산상으로 18홀을 돈다면 100타 를 훌쩍 넘는 스코어였다. 게다가 멀리건도 한 번 쓰지 않았던 가.

코치님 말대로 당장 내일모레 필드에 나가는데 나는 걱정스 러운 마음이 들었다. 탈꼴찌였던 목표를 낮추어야 할지도 모르 겠다는 생각이 들었다. 집에 와서 아내에게 연습장에서 있었던 이야기를 들려주었다. 어떤 아주머니가 혀를 찼다고 하자 아내가 깔깔거리며 웃었다.

기대하지 않는 삶을 추구한다. 살다 보니 모든 실망은 기대를 가지면서 생긴다는 걸 깨달았다. 3일 후 함께 필드에 나가는 사람들은 내 성적을 기대하지 않을 것이다. 첫 라운딩을 돌면서 민폐나 끼치지 않으면 다행이라고 여길지 모른다. 아무런 기대도 없다가 내가 좋은 성적을 낸다면, 사람들은 놀라겠지. 그 놀라움을 선사하고 싶었지만 스크린에서 공을 쳐본 나는 자신감이 뚝뚝 떨어지고 있었다. 3일 후 처음으로 작성하게 될 스코어 카드에 나는 어떤 숫자들을 적어나갈 수 있을까. 필드까지 단 3일이 남았다.

5

필드에
나갑니다

D-1,
마지막 예행연습

이제 디데이는 하루 앞으로 다가왔다. 마지막 날까지 연습을 게을리할 순 없다. 연습장에 들어섰더니 평소 얼굴만 봐오던 어르신 한 분이 말을 걸어왔다.

"어? 오늘 필드 나간 거 아니었어요?"

"아, 네. 내일이에요, 내일."

연습장은 아파트 입주민들만이 오가는 장소. 이 좁은 장소에 소문이란 발 없는 말과 같다. 소문의 근원지는 분명 코치님일 것이다. 코치님이 소문을 퍼트리며 어떤 이야기를 하였을지 궁금해졌다. 혹시 연습장의 기대주가 이제 곧 필드 데뷔를 한다고 말한 것은 아니었을까. 하하하. 아님 말고.

여느 날과 마찬가지로 연습 타석에 섰다. 코치님은 다른 회원의 레슨을 봐주고 있었다. 나는 골프 가방을 열어 웨지부터 7번 아이언, 우드, 드라이버를 치며 서서히 몸을 풀었다. 어느 정도 몸이 풀렸다고 생각했을 때 코치님은 나를 스크린 앞으로 불러 세웠다.

"이경 회원, 내일 필드 나가니까 오늘은 최종 예행연습을 해봅시다. 아홉 홀 정도만 쳐보세요."

처음 세 홀을 도는데 며칠 전과 마찬가지로 공이 잘 안 맞았다. 귓가에서는 아주머니들의 수다가 다시금 들려오는 것 같았다. 코치님은 자세 교정을 좀 봐주더니, 맘에 들지 않았는지 풀스윙이 아닌 하프스윙을 시켰다. 코치님 지시대로 하프스윙을 하니 부챗살 같던 방향감이 좋아졌다. 거리도 크게 손해 보질 않았다. 하프스윙의 비거리는 아이언이든 드라이버든 풀스윙 때와 비교해도 10~20m 정도 줄어들 뿐이었다.

"하프스윙만 해도 거리는 충분히 나와요. 내일 필드 나가서 무리하지 말고 하프스윙하세요."

스리쿼터도 아니고 하프스윙이라니. 코치님의 말을 듣는 순간 나는 그동안 열심히 연습 해오던 것이 물거품이 된 듯한 기분이 들었다. 나는 연습장의 기대주가 아닐지도 모른다. 하지만 공이 맞질 않으니 어쩔 수도 없는 노릇. 자존심은 내려놓고 코치님에게 그렇게 하겠다고 했다. 하프스윙하다가 자신감이 붙으면 언제라도 풀스윙을 해도 괜찮지 않겠는가. 좋다. 필드에서의 전략은 거리보다 방향이다. 답은 하프스윙이다. 하프!

군대라곤 단 한 달간의 훈련소 생활이 다였지만, 그곳에서도 추억은 있는 법. 훈련소 시절 유격 장교였던 아저씨 한 분은 젊은 청춘 시절의 일화를 훈련병에게 들려주곤 했다. 장교의 젊은 시절 취미는 격투기였단다. 키가 작은 장교는 격투기 대회에 나가 온갖 기술을 부리는 상대를 만났다고 했다.

장교와는 달리 키가 컸던 상대방은 뒤돌려 차기, 날라 차기, 뒤차기, 옆차기 등등 오만 가지 발기술을 걸어온 것. 작은 키의 장교는 그 수많은 기술에 응하는 전술로 앞차기 하나만을 고수했다고 한다. 결과는 장교의 승. 장교의 말로는 상대의 허벅지를 향해 앞차기만 오십 방 때렸더니 상대방이 무릎을 꿇었다는 것. 그러면서 장교는 화려함보단 실속이 최고라고 했다. 별로 우스울 것도 없는 이야기에 훈련병들은 깔깔거리며 장교의 말을 경청했다.

내게 하프스윙은 훈련소에서 만난 장교의 앞차기처럼 꾸준히 앞으로 공을 보낼 수 있을 거란 생각이 들었다. 하프스윙을 하며 남은 홀을 도는 동안 대부분 보기나 더블 보기를 기록했지만, Par 3 홀에서는 버디도 하나 잡았다. 성적은 여전히 좋지 않았지만 스크린 골프도 경험할수록 이전보다 나아지고 있었다.

비록 스크린을 이용한 예행연습 성적은 만족스럽지 않아도 실전에서의 성적은 다를지 모른다는 긍정적인 생각을 했다. 일단 나는 기계를 완전히 믿지 않으니까. 현실 세계에서는 좀

더 근사한 풍경이 펼쳐질지도 모르는 일 아닌가.

  하루만 자면 태어나 처음으로 필드 골프를 경험하게 된다고
생각하니 마치 어린 시절 소풍을 앞둔 소년처럼 가슴이 두근
거렸다. 석 달 전 집 앞 스포츠 센터 등록을 앞두고 필드에 서
게 되면 어떤 표정을 짓게 될지 궁금했던 그 질문의 답을 이제
곧 알 수 있게 되는 것이다.

디데이,
생애 첫 필드

드디어 필드 약속의 날이 밝았다. 초보 골퍼가 처음 필드에 나가는 걸 두고 흔히 '머리 올린다'고 표현한다. 골프의 첫 라운딩을 두고 머리 올린다고 표현하게 된 유래나 경위는 정확히 알 수 없다.

머리 올린다는 뜻도 누군가는 처녀가 결혼할 때 족두리를 쓰는 것을 두고 생겨난 말이라고 했고, 누군가는 남자가 결혼하고 상투를 트는 것을 뜻한다고 했다. 또 누군가는 기생이 기생 수업을 마치고 손님을 맞으면서 비녀를 꽂을 때 쓰는 말이라고도 했다. 어떤 예술인의 첫 작품을 처녀작이라고 부르듯, 아마 골프에서도 비슷한 의미로 쓰는 게 아닐까 싶었다.

시대의 흐름에 맞지 않는 표현이니 지양해야겠지만, 아직까지는 골프장에서 대수롭지 않게 통용되는 말이었다. 어쨌거나 생애 첫 필드 경험의 시간이 나에게도 왔다.

예정된 티오프Tee-Off 시간은 오후 1시. 오전에 급한 일을 처리하고 약속의 골프장으로 이동했다. 함께 공을 치기로 한 사람들은 U사의 N실장, C사의 K팀장. 이 둘은 나보다 한 살이 많아 평소 호형호제하는 사람들이다. 그러니까 3년 전부터 내게 골프를 같이 치자고 협박, 권유했던 사람들. 그리고 또 한사람은 S사의 L대표. S사의 L대표는 누군가 하면…… 바로 내 아버지다.

아, 그러니까 나는 지금 가업을 잇는 중이다. 이십여 년 전 아버지가 세운 조그마한 회사에 들어와 일을 시작한 게 지금으로부터 약 십오 년 전. "사무실 와서 아버지 일 좀 거들어라."라는 소리에 일주일 정도 알바 삼아 하면 되겠지, 생각했던 것이 어느새 십오 년이 되었다. 한참 꿈 많던 이십대 중반의 나는 하고 싶던 많은 것을 내려놓고 아버지와 함께 작지만 소중한 회사를 꾸려나가고 있다. 십오 년 전 아버지의 제안을 거절했다면 나는 지금과는 다른 삶을 살지 않았을까. 어쩌면 골프를 배우는 일도 없었을지 모른다.

몇 년 전부터 아버지는 당신보다 어린 거래처의 사람들과 같이 골프라도 치려면 어쩔 수 없는 세대 차이로 상대에게 불편함을 안기는 것 같다고 하셨다. 아버지는 그런 불편함을 해소하기 위해서라도 당신의 아들이 골프를 치길 원하셨다. 언제나 청춘일 것 같던 아버지는 최근 들어 서서히 은퇴를 얘기하신다. 아버지와 함께 필드에 서기로 한 날 아이러니하게도 즐거운 마음과 함께 서글픈 마음이 들었다. 함께 공을 치기로 한 형들은 앞으로 아버지 대신 나를 더욱 자주 볼지도 모른다. 어쩐지 아버지의 시대가 저물어가는 것만 같았다.

아버지와 한 차를 타고 골프장에 들어가니 사람들이 바글바글했다. 주차장엔 차들이 가득했고 그 옆에는 골프 카트들이 분주하게 골프 가방을 싣고 움직이고 있었다. 이런 광경이 처음이었던 나는 아버지가 하는 대로 따라 움직일 수밖에 없었다. 아버지의 차 트렁크가 열리자 골프장 직원이 골프 가방을 꺼내주었다. 주차하고 안내 데스크에 가자 안내원은 사물함 번호표가 적힌 종이를 나눠주었다.

사물함 앞에 가서 골프 복장으로 환복을 했다. 환복을 마친 아버지는 내게 선크림을 바르라고 하셨다. 나는 평소 스킨, 로션도 바르지 않는 사람. 피부가 남달리 좋아서 그런 것은 아니고 그저 얼굴에 무언가를 바르는 게 귀찮기 때문이다. 당연히 평소엔 선크림도 바르지 않는다. 선크림을 발랐더니 까무잡잡한 얼굴이 금세 허옇게 변했다. 그사이 몇 번이나 화장실을 오갔다. 아침부터 커피를 많이 마신 탓이었을까. 긴장하지 않으려 해도 막상 골프장에 들어오니 자꾸만 화장실을 찾게 되었다.

티오프 시간까지는 한 시간 정도의 여유가 있었다. 선크림도 바르고 화장실도 다녀와서 밖에 나와 보니 오늘의 날씨가 표시되어 있었다. 디지털 방식이 아닌 숫자와 그림이 들어간 고무 자석을 나무로 만든 게시판에 붙여놓은 아날로그 방식이었다. 날씨는 맑았고 최고 기온은 13도, 최저 기온 4도. 미세먼지 없는 맑은 날이었다.

날씨 게시판 뒤쪽으로는 연습 그린이 있었다. 몇몇 사람이 연습 그린 위에서 몸을 풀며 퍼팅 연습을 하고 있었다. 아버지 역시 나에게 퍼팅 연습을 해보라고 했다. 집 앞 조그마한 스포츠 센터와 달리 녹색의 잔디밭은 싱그러움을 안겨주었다. 퍼팅 연습을 해보았는데 감이 좋았다. 치는 공 대부분이 홀컵 근처에 붙었다. 그렇게 한동안 퍼팅 연습을 하자 N실장과 K팀장이 모습을 드러냈다. 우리는 반가운 마음에 인사하고 이런저런 대화를 나누었다. 때로는 업무 관련 이야기를 나누고, 때로는 세상 살아가는 이야기를 나누었다.

수다를 떨다 보니 티오프 시간이 점점 다가왔다. 우리는 골프 가방이 실린 카트로 몸을 옮겼다. 카트 앞에 갔더니 빨간 모자를 쓴 오십대로 보이는 캐디 분이 반갑게 맞이해주셨고 각자의 골프 가방이 맞는지 확인시켜주었다.

N형은 캐디에게 나를 가리키며, "얘가 오늘 처음 필드 나온 건데 잘 좀 부탁드릴게요. 고생 좀 하실 거예요."라는 말을 전하기도 했다. 옆에 있던 아버지는 공 서른 개는 잃어버릴 각오를 하라고 하셨다. 카트 앞좌석에 아버지가 앉고, 나머지 세 사람이 뒷좌석에 앉아 필드로 이동했다. 태어나서 처음 타본 골

프 카트는 시원했다. 따로 문이 달려 있지 않아 불어오는 바람을 온몸으로 느낄 수 있었다.

카트는 코스가 있는 곳까지 몇 분간 이동했다. 얼마 후 우리는 모두 카트에서 내렸고 캐디는 자기소개를 했다. 우리는 캐디의 구호에 맞춰 체조를 하기 시작했다. 골프 라운딩 때 그저 티오프 시간이 되면 뚝딱 하고 공을 치는 줄 알았는데, 이런 준비 체조까지 한다는 건 전혀 몰랐던 일이다. 다 큰 어른들은 마치 말 잘 듣는 어린아이처럼 캐디를 따라 몸을 풀었다. 목과 허리를 돌리고 팔목과 발목을 돌렸다.

마침내 체조까지 마치자 약속되었던 티오프 시간이 됐다. 1번 홀 앞에 선 우리들은 순서를 정해야 했다. 처음 필드에 나선 나는 자연스레 가장 마지막 순서가 되었고, 다른 사람들은 1번 홀 앞에서 젓가락 크기의 쇠막대기를 뽑았다. 그 쇠막대기에는 번호가 적혀 있어서 티샷의 순서를 정한다고 했다.

골프 시합에는 많은 매너가 있지만 그중 가장 중요한 것은 티잉 그라운드(티샷을 하는 위치)에서의 절대 침묵이라고 한다. 티샷을 할 시간이 되자 모두들 약속이라도 한 듯 입을 닫았다. 모두 안정적으로 티샷을 마치고 이제는 내가 공을 칠 시간이 왔다. 드디어 필드 위에서의 첫 샷이다. 석 달간의 연습을 이제 사람들에게 보여줄 차례다.

꿈은 높고
현실은

필드는 페어웨이Fairway라고 부르는 잘 관리된 짧은 잔디의 지역이 있는가 하면, 페어웨이에 비해 조금 더 길고 억센 잡초 등이 있는 러프Rough 지역이 있다. 눈으로 봐도 페어웨이와 러프의 색상은 확연히 차이가 난다. 이른 봄이라 전체적으로 잔디가 누르스름했지만 페어웨이 지역은 러프에 비해 조금 더 밝은 느낌이랄까. 스윙의 저항이 약한 페어웨이로 공을 보내는 것이 유리한 것은 말할 것도 없다. 아마추어에게 드라이버 티샷의 목표는 언제나 그렇듯 중앙 페어웨이다.

내가 첫 티샷을 하자 공은 페어웨이는커녕 러프를 벗어나 우측 OB 지역을 향해 날아갔다. 전형적인 슬라이스. 형들은 내 그럴 줄 알았다는 듯이 대수롭지 않게 여겼다. 그 후에도 귀신같이 공이 안 맞았다. 연습장에서는 휠휠 잘만 뜨던 공은 바닥을 향해 떼구루루 굴러갔고 내 멘탈은 심각한 중2병 학생처럼 가출해버렸다.

평소 미스터리 이야기를 좋아한다. 인간의 힘과 지식으로는 도저히 설명이 불가능한 세상의 많은 이야기들. 불가사의들. 가령 피라미드, 스톤헨지, UFO, 외계인 같은 이야기들 말이다. 내게 지금 가장 미스터리한 것이 무어냐고 묻는다면 필드에서는 왜 공이 맞질 않느냐는 것이다.

처음 세 홀을 돌 때 뜨지 않는 공이 원망스러웠고, 다섯 홀을 돌 때 스코어카드에 내 스코어를 기입하는 것은 무의미하다는 생각이 들었고, 일곱 홀을 돌 때쯤 나는 울고 싶어졌다. 탈꼴찌가 목표였던 나는 그것이 얼마나 무모한 목표였는가를 공을 친 지 30분 만에 알게 되었다.

홀을 돌 때마다 퍼팅으로 공을 넣고서 홀을 마친 것도 드물었다. 골프에서는 홀컵과 공이 가까우면(대략 골프 채 하나 정도의 길이) 다음 타에서 넣은 걸로 치고 마지막 퍼트를 면제해주기도 한다. 이를 두고 컨시드Concede라고 하는데 나는 대부분의 홀에서 이 컨시드를 받고 홀을 마쳤다. 컨시드 없이 시합을 진행했다면 나는 홀을 벗어나지 못했을지도 모른다. 아무리 짧은 거리의 퍼팅이어도 평소 평지에서만 해오던 연습과는 달리 경사가 진 그린 위 퍼팅은 쉽지 않았다.

필드에 서기 전 초보 골퍼들의 필드 경험담을 찾아봤다. 거기엔 이해할 수 없는 이야기들이 많았다. 처음 필드에서 공을 치게 되면 동반자들과 같이 카트 탈 생각은 하지 말고 무조건

7번 아이언 들고 열심히 뛰어야 한다든가, 공을 많이 잃어버릴 생각을 하라든가. 무엇보다 포기하지 말라는 이야기가 가장 이해가 안 됐다. 비싼 돈 주고 골프 치면서 대체 왜 포기한단 말인가.

동반자들이 한 번에 치는 거리를 나는 두 번, 세 번에 걸쳐 쳤다. 당연히 남들보다 시간이 오래 걸리게 되었고, 동반자들이 카트를 타고 앞으로 나갈 때 한참 뒤에서 재탕, 삼탕 하며 공을 쳐야 했다. 때로 공은 수풀 깊숙이 들어가 찾을 수 없을 정도였다. 사라진 공을 찾으려 수풀 속으로 들어가면 시간이 지체되었고, 형들은 "너무 깊숙이 들어가면 뱀 나올지도 몰라. 공안 보이면 그냥 나와." 하기도 했다.

무엇보다 홀이 진행되면 될수록 포기하지 않고 시합을 끝낼 수 있을까 하는 두려운 마음이 들었다. 초보 골퍼들의 첫 필드 경험담을 고스란히 경험하게 된 나는 남들과 별반 다를 바 없는 사람이었다.

첫 필드에서 깜짝 놀랄 만한 호성적을 꿈꾸기도 했던 나는 코치님이 평소 내게 얘기해준, 운동신경이 좋다거나, 비거리가 멀리 나온다거나, OB가 나오지 않을 거라는 칭찬들이 모두 거짓말처럼 느껴졌다. 헤드업하지 말자고 마음먹고 스윙을 해도 어느새 머리는 한쪽으로 심하게 휘어 날아가는 공을 쫓고 있었다. 생각과 몸이 전혀 다르게 움직이고 있던 것. 생각이 많아지고 몸은 굳어지는 최악의 상황이 이어졌다.

홀컵 근처에서의 어프로치는 더욱 심각했다. 홀컵을 불과 20여 미터 남겨놓고 친 공은 홀컵을 훌쩍 넘어 날아갔다. 스크린 골프를 치며 들이야 했던 아주머니들의 "홈런이네, 홈런이야"를 필드에서 다시 경험했다. 골프를 할 게 아니라, 야구를 할 걸 그랬나.

때로는 진기명기한 일들도 펼쳐졌다. 어프로치한 공이 홀 컵 뒤에 있던 나무를 맞고 다시 그린 위로 올라오는 놀라운 운빨이 일어난 것이다. 함께 공을 치던 캐디와 동반자들은 대폭소했다. 골프의 신이 내게 선사한 비기너스 럭Beginner's Luck일까. 이러한 운이 계속될 리 없다. 실력과 운이 따르지 않은 나는 절망의 연속을 맛보았다.

래퍼 에미넴이 주연한 영화 〈8Mile〉에 등장하는 그 유명한 대사, '꿈은 높은데 현실은 시궁창이야' 하는 게 딱 내 이야기 같았다. 필드에 서기 전만 해도 연습장에서 하던 대로 하면 분명 나쁘지 않은 성적이 나올 것이라 낙관했던 나는 정신없이 동반자들의 뒤꽁무니를 따라다니기에 바빴다.

공은 뜨지 않고, 뜨더라도 거리나 방향이 엉망이다 보니 보다 못한 아버지가 이런저런 조언을 해주었다. 자세와 공의 위치, 발의 위치 등을 조언해주었는데 평소 코치님에게 들었던 이야기와는 또 다른 내용이라 머리가 아파왔다. 이도 저도 안 될 것 같아 아버지의 조언 대신 평소대로 공을 쳤는데 역시나 결과는 엉망.

골프는 전반 아홉 홀과 후반 아홉 홀로 나뉜다. 전반 아홉 홀을 마칠 때쯤 조금씩 정신을 차리기 시작했다. 공만 치느라 보지 못했던 여러 풍경이 눈에 들어왔다. 가장 신기했던 광경은 사람 없이 저절로 움직이는 카트였다. 바닥에 센서가 있어서 운전자가 없어도 리모컨으로 카트를 움직인다는 얘기였다. 평소 기사로만 접하던 무인 자율 주행 자동차가 골프장에서는 실현되고 있었다.

일찌감치 스코어를 포기하고 조금씩 힘을 빼자 공도 뜨기 시작했다. 벙커에 공이 빠지면 형들은 공을 꺼내서 치라고 배려해주었지만 경험 삼아 그냥 쳐보기로 했다. 벙커 모래에 들어간 공을 치자 공은 하늘 높이 솟아올랐다. 스윙을 지켜보던 캐디 분이 한마디했다.

"나이스 샷. 초보가 벙커에서 이렇게 잘 치기 어려운데 잘 쳤네요."

필드에서 처음으로 들은 나이스 샷이었다.

아마추어들은 필드에서 항상 핑계를 댄다고 한다. 수많은 핑계 중의 하나가 17홀을 돌고 마지막 홀이 되어서야 몸이 풀린다는 얘기. 나도 시간이 지나서야 서서히 필드에 적응이 되고 몸이 풀리는 듯했다. 방향이 엉망이던 드라이버 티샷도, 공이 뜨지 않던 아이언도, 거리감이 가늠되지 않던 어프로치와 퍼팅도 홀이 진행될수록 조금씩 나아졌다.

공은 맞아갔지만 조금 쉬고 싶어졌다. 허기가 졌고 화장실도 가고 싶었다. 그때 마침 그늘집이 나타났다. 우리는 카트에서 내려 그늘집에 들어가기로 했다. 쉬는 시간이다.

그늘집과
부러움

그늘집. 골프장 홀 사이사이
에는 그늘집이란 게 있다고 익히 들어왔다. 나는 그늘집이라
는 단어를 처음 들었을 때 왠지 모르게 부정적인 느낌이 들었
다. 영화나 현실 세계에선 종종 골프 접대를 하며 온갖 향응과
비리가 일어나지 않던가. 골프장 구석에서 돈뭉치가 든 사과박
스를 전달하거나 뭐 그런 모습들. 그늘집이라는 단어를 접했을
때 어쩐지 그런 어두운 모습들이 떠올랐다.

그랬기에 나는 그늘집에서는 대체 어떠한 일이 일어날지 궁
금했다. 골프를 치던 우리 일행은 전반 아홉 홀을 돌고 그늘집
에 들어갔다. 내가 들어가서 경험한 그늘집은 비리, 향응, 부정
과는 전혀 다른 곳이었다.

그늘집은 그저 매점이자 식당이었다. 그야말로 공을 치다 그
늘이 드리워진 집에서 간단한 요기와 휴식을 취할 수 있는 공
간. 아이스크림과 음료수, 맥주 등을 팔고 육개장이나 두부김
치 같은 간단한 음식을 파는 식당. 단점이라면 보통의 식당보

다 가격이 좀 비싸다는 것.

단어만 듣고 어두운 모습을 상상했던 나는 세상을 너무 부정적으로만 봐온 것이 아닐까 하고 잠시 반성하기도 했다. 그늘집이 얼마나 건전하냐면 도수가 높다는 이유로 소주는 팔지도 않을 정도였다. 그늘집을 실제로 경험하다 보니 오히려 쉬어갈 수 있는 공간이라는 점에서 멋지다는 생각이 들었다. 삶에도 이런 그늘집이 많이 생긴다면 얼마나 좋을까.

그늘집에서 두부김치를 시켜놓고는 형들과 잠시 밖에 나와 이야기를 나누었다. 형들은 3년 전부터 같이 골프 치자고 졸랐는데 오늘에서야 함께하게 됐다며, 내 어깨를 두드리며 웃었다. 그리고 형들은 나를 부러워했다. 아버지가 내 골프 자세를 봐주고 조언하는 모습에서 아버지의 정이 느껴졌다고 했다. 부자가 함께 골프를 치는 모습 자체가 그저 부럽다고 했다.

C사에 다니는 K형의 아버지는 시골에서 농사를 짓는 칠십대 노인. K형의 아버지는 운동을 좋아하지만 골프가 아닌 헬스와 등산을 즐기신다고 했다. 칠십대의 노인이면서도 짱짱한 몸 관리로 시니어 보디빌딩 대회에서 입상할 정도로 건강하지만, K형은 아버지와 같은 취미를 갖지 못한 것에 대해서는 아쉽다고 했다. 골프는커녕 아버지가 시골에 계시니 얼굴을 볼 기회 자체가 적다고도 했다.

N형의 아버지 역시 칠십대. 몇 년 전까지 골프를 쳤던 그의

아버지는 얼마 전부터는 골프채를 놓고 동네 당구장에 다닌다고 했다. 예전에 제주도로 가족 여행을 가 함께 골프를 칠 기회가 있었지만, 계획이 틀어져 함께 공을 칠 수 있던 순간을 놓쳤다고 한다. 이제는 골프가 아닌 당구를 치는 아버지와는 함께 골프를 칠 경험을 갖기 어려울 것이라고 했다.

내게 골프를 치라고 권유했던 형들은 골프의 장점으로 인맥과 정보를 얻을 수 있다고 얘기했다. 같은 공간에서 대여섯 시간을 함께하다 보면 평소 전하지 못했던 많은 이야기들이 오가니 사람 사이의 정은 두터워지고, 평소에 알 수 없었던 정보도 자연스레 생긴다는 이야기였다.

형들의 아버지에 대한 이야기를 들으면서 이런 부분을 실감했다. 꼭 업무와 관련된 이야기가 아니더라도 세상 살아가는 데 필요한 많은 대화가 골프장과 그늘집 한편에서 피어나고 있었다. 평소에 접하지 못했던 많은 이야기였다. 그늘집뿐만 아니라 골프 자체에 대해서 부정적인 시선을 가지고 있던 나는 이제야 형들이 그렇게도 말한 골프의 장점들이 조금씩 이해됐다.

한편 스코어는 엉망이더라도 나는 누군가의 부러움을 사고 있는 사람이란 생각도 들었다. 어린 시절부터 아버지와 함께 공놀이하기 원했던 나는 이러한 부자 간의 로망이 비단 나만이 가지고 있던 것은 아니라는 것을 알게 됐다. 아들이라면, 아니 자식이라면 누구라도 그럴 것이다. 아버지든 어머니든 사랑하는 가족과 같은 취미를 갖고 같은 공간에서 같은 시간을 보낼 수 있는 것은 멋진 일이다.

나는 그걸 하고 있다. 주변의 부러움을 사고 있다. 남들은 하고 싶어도 때로는 부모님과 멀리 떨어져 산다는 이유로, 때로는 상황이 여의치 않아서 하지 못하는 일을 지금 아버지와 함께 하고 있다. 유년 시절 아버지와 함께 공놀이를 하지 못해 아쉬워했던 나는 어느새 주변의 부러움을 사는 사람이 되어 있었다.

이런 부러움을 뒤로하고 그늘집에 들어가자 주문했던 두부김치가 식탁 위에 차려져 있었다. 따뜻한 두부에서는 김이 모락모락 나고 있었다. 음료수와 함께 두부김치를 먹으며 허기가 진 배 속을 채워나갔다. 형들의 부러움과 두부김치를 먹은 나는 든든함을 느꼈다.

함께
걸어가는 길

그늘집에서 나와 남은 코스를 돌았다. 정신없던 전반과는 달리 후반이 되어서는 본격적으로 골프장의 풍경을 즐기기 시작했다. 이른 봄날이라 꽃은 많이 피지 않았지만, 코스 주변의 경관은 실로 아름다웠다. 코스 곳곳에 위치한 해저드에는 물고기와 오리들이 살아 숨 쉬고 있었고, 그 안에 빠진 온갖 색색의 골프공만 아니었다면, 그저 잘 가꿔놓은 정원 같았다.

코스 좌우에는 나무들이 우거져 있었고 때로는 코스 한가운데 한 그루의 나무가 외로이 서 있기도 했다. 무엇보다 가장 좋았던 것은 코스 막바지에 만난 일몰이었다. 시합이 끝날 때가 되자 등 뒤로 서서히 해가 저물고 있었다. 노을빛은 이른 봄의 누런 잔디밭을 붉게 물들였다.

그런 노을을 뒤로하고 나는 어느새 아버지와 함께 필드 위를 걷고 있었다. 아버지와 이렇게 단둘이 오랜 시간 한 길을 걸어본 것이 얼마 만인가. 아버지와 서로 별다른 대화는 없었어도 같은 지점을 향해 걸어가는 게 좋았다. 이미 스코어는 내게 중요한 것이 아니었다. 스코어보다 중요한 것은 아버지와 그리고 주변의 사람들과 함께 같은 길을 걸어가고 있는 것이다. 함께 골프 치는 사람을 '동반자'라고 부른다. 동반자. 참 멋진 단어다.

아름다운 일몰 풍경과 함께 마침내 열여덟 개의 홀을 모두 마쳤다. 오후 1시에 시작한 골프는 오후 6시가 조금 넘어 끝났다. 우리는 서로 수고했다며 모자를 벗고 웃으며 악수를 나누었다. 아버지는 나에게도 "경이도 처음 필드 나와서 공 친다고 수고했다."라며 악수를 권했다.

같은 회사에 다니며 매일같이 보는 사이라도, 아버지의 손을 잡아본 것은 오랜만의 일이었다. 이제는 잘 기억도 나지 않는 어린 시절에는 항상 잡고 다녔을 아버지의 손. 이제는 육십 대 노인이 된 아버지의 손은 많이도 거칠어 그 세월의 흔적이 묻어났다. 하얀 머리를 까맣게 염색하고 다니시면 같은 연배들보다 젊어 보이는 동안의 아버지라도, 두 손만큼은 나이 듦을 숨길 수 없었다.

골프를 마치고 다시 카트에 몸을 실은 우리들은 처음 준비체조를 했던 곳으로 이동했다. 에어건으로 옷에 묻은 먼지를 털어내곤 캐디가 작성해준 스코어 카드를 받아 들었다. 초보 골퍼들은 스코어 카드에 적힌 숫자를 믿지 않아야 한다는 말을 들었다. 진짜 실력과는 달리 캐디가 좋은 숫자들을 적어주기 때문이란다. 실제로 아마추어들이 시합을 하면서 누군가 첫 홀에서 파Par를 기록하면 '일파만파'라고 부르며 모든 사람들의 첫 홀을 파로 적기도 한다. 나는 처음 몇 홀을 돌고서는 스코어 카드에 숫자를 적는 게 무의미하다는 생각이 들었다.

그럼에도 형들은 생애 첫 필드 경험이니 나에게 스코어 카드를 받아가라고 했다. 스코어 카드에는 아버지와 동반자 N형과 K형, 그리고 내 이름이 적혀 있었다. 내 스코어는 기입이 안 되어 있을 줄 알았는데 캐디는 꼼꼼하게도 모든 홀의 스코어를 적어주었다. 아버지 90타, N형 99타, K형 85타. 그리고 내 이름 아래에는 112라는 숫자가 적혀 있었다.

분명 112타는 아닐 것이다. 체감상 130타는 친 것 같은 기분이다. 백 번이 넘는 스윙 중에 내 맘에 든 샷은 캐디가 칭찬해준 샷을 포함해 두어 번 정도가 다였으니까. 골프장에 오면서 준비해 온 공은 스무 개였다. 남아 있는 공을 세어 보니 열두 개가 있었다. 아버지는 서른 개쯤 잃어버릴 각오를 하라고 했는데 생각보다는 많은 공을 잃어버리지는 않았다. 처음 목표였던 탈꼴찌는 허무하게도 실패했지만, 공을 많이 잃어버리지 않은 것을 위안으로 삼았다.

시합을 마친 우리 네 사람은 샤워실로 들어가 몸을 깨끗하게 씻어냈다. 서로의 발가벗은 몸을 본다는 것은 한층 친밀감이 두터워진다는 얘기다. 오후 1시에 시작한 골프를 마치고 샤워까지 끝내자 어느새 7시가 되었다. 저녁을 먹을 시간이다. 그늘집에서 먹은 음식 값을 계산하고 골프장을 나와서는 함께 저녁을 먹었다.

저녁을 먹으면서는 이야기꽃을 피웠다. 모두들 골프의 장점을 이야기하며 골프 예찬론을 펼치기도 했다. 아버지는 "골프는 삼 대가 같이 즐길 수 있는 유일한 운동."이라며 십 년 후에는 손자와 함께 공을 칠 수 있는 시간을 기대한다고 했다. 형들은 모두 아버지의 말에 고개를 끄덕였다.

한참 웃고 즐기며 이야기하다가 형들은 내게 처음 친 것치고는 나쁘지 않았다며 칭찬인지 위로인지 모를 말을 전해주기도 했다. 그러면서 한 번 필드에 나온 이상은 연달아 쳐야 실력이 느는 것이라며 조만간 다시 시합을 하자고 했다.

처음 골프를 권하는 소리를 듣고 건성으로 "아이고, 네네, 알겠습니다." 대답하며 미루던 나는 그때와 똑같은 대답을 했다.

"아이고, 네네, 알겠습니다."

다만 이번만큼은 건성이 아닌 진심을 담은 대답이었다.

아버지의
손

골프를 배우면서 아버지의 손을 다시 잡았다. 젊은 시절 간판 일을 하시던 아버지는 가끔 당신의 무용담을 들려주곤 하신다. 아버지의 주요 레퍼토리 중에 하나는 놀이공원에서의 일이다.

대구에서 태어난 아버지가 상경하여 간판 일을 하시고는 맡게 된 가장 큰 사업. 지금과는 다른 이름으로 불리던 용인의 큰 놀이공원 시설물을 만드는 일이었는데, 아버지는 오랜 세월이 흘러서야 스스로도 그때 어떻게 일을 했는지 모르겠다고 하신다.

당시에는 지금처럼 대중교통이 발달했던 것도 아니었고, 아버지에겐 변변찮은 자가용도 없던 시절이었다. 그렇다고 큰돈을 벌 수 있는 놀이공원의 일을 거절할 수는 없었을 테다. 아버지는 서울에서 몇 번의 버스를 갈아타고서는 용인에 있는 놀이공원의 시설물을 만드는 작업을 하셨다.

그때마다 등에는 무거운 장비가 들어간 큰 가방을 둘러메고, 양쪽 손에는 커다란 페인트 통을 들고서 이동하셨다고 한다. 그렇게 현장에 가면 페인트 통을 들었던 두 손이 끊어질 듯이 아팠지만 쉴 틈 없이 페인트칠을 하고 못질을 해야만 했다고 한다. 때로는 하루에도 몇 번씩 서울 사무실과 용인을 오가기도 했단다.

그렇게 아버지는 몇 달에 걸친 고생 끝에 용인 현장에서의 일을 마치셨고, 어느 날 우리 가족을 데리고 당신의 손이 닿은 놀이공원에 데려가셨다. 내 기억 끝에 남아 있는 첫 놀이공원. 그곳에서 조그마한 배를 타고 어두운 동굴 속으로 들어가면 형형색색의 인형이 어린 나를 향해 웃고 있었다. 한쪽에서는 "파란 나라를 보았니. 꿈과 사랑이 가득한" 하는 노래가 흘러나왔다.

그때 엄마는 "저 인형들 다 아빠가 만든 거야." 하셨다. 아버지는 그렇게 가족들을 위해 당신의 두 손으로 놀이공원을 꾸미고 계셨다. 지금도 혜은이가 부르는 〈파란 나라〉를 들으면, 그 어린 시절의 꿈과 사랑이 가득했던 놀이공원의 모습과 아버지의 고생했을 모습이 떠오른다.

아버지의 손에 대해서는 또 다른 이야기도 있다. 아버지께 지금껏 사과하지 못한 죄송스러운 일이다. 가슴 한편에 오랫동안 남아 있는 잘못이다. 중학생 시절 사춘기를 거치면서 성에 대한 호기심이 한창 피어날 때였다. 지금은 성소수자들이 점차 목소리를 내고 있다지만, 예전에는 그렇지 못했다. 남자들끼리 손을 잡고 다니면 주변에서는 그걸 두고 놀리고 욕했다. 중학생 시절 나는 동성애나 게이Gay라는 단어를 처음 알게 되었고, 그런 단어들이 부정적으로 쓰인다는 걸 알았다.

생각해보면 아버지는 외출할 때마다 중학생이던 나의 손을 항상 잡고 다니셨다. 부모에게 자식은 나이가 많든 적든 항상 어린아이와 마찬가지일 테니까. 사춘기 시절 그때는 그게 좀 싫었다. 나는 어느 날 아버지에게 참 철이 없게도 몹쓸 말을 했다.

"이제 밖에서 손 잡지 마세요. 남들이 보면 게이로 볼지도 모르잖아요."

아버지는 그때 조금 화를 내셨던가. 그 후로 아버지는 외출할 때 내 손을 잡지 않으셨다. 아버지라는 이유로, 가족이라는 이유로 나는 너무나 쉽게 말을 내뱉었다. 다시 주워 담을 수 없는 말을.

세월이 흘러 나는 이제 게이도, 레즈비언도, 그리고 다 큰 아이와 손을 잡고 가는 아버지도 자연스럽게 받아들일 수 있다. 빛바랜 남색의 작업복을 입고 학교에 오신 아버지가 부끄러운 존재가 아니라 사실은 그 무엇보다 떳떳하고 아름답다는 걸 이제는 안다. 겉으로 드러나는 모습보다 서로를 아껴주고 사랑하는 마음이 더 소중하다는 걸 이제는 깨달았다.

아버지가 그때의 내가 했던 말을 기억하고 계신다면, 또 그때의 내 말로 상처를 받으셨다면 이제는 사과드리고 싶다.

변명하자면 그때의 나는 너무 어렸고 철이 없었다고. 주변의 이야기에 너무 예민하게 굴었던 사춘기 소년일 뿐이었다고 말씀드리고 싶다.

그리고 감사하다는 말씀과 함께, 다행이라는 이야기도 드리고 싶다.

골프를 하면서, 오랫동안 잡지 못했던 아버지의 손을 이제 다시 잡게 되어 다행이라고. 오래 걸렸지만, 참 다행이라고.

다시
연습장으로

필드 경험을 마치고 다시 연
습장을 찾은 날. 코치님은 날 보자마자 미소 지으며 "잘 치고
왔어요?" 물었다.

"엉망이었죠. 공이 안 떠서 애먹었어요. 특히나 어프로치가
너무 어렵던데요?"라고 대답하자 항상 자신감 넘치던 코치님
이 대답했다. "그건 나도 어려워."

아마추어에게 골프를 가르치는 프로들도 여전히 어려운 것
이 골프다. 이런 골프를 두고 처음부터 좋은 성적을 내길 기대
했다고 생각하니 나는 조금 부끄러워졌다. 앞으로는 자신감과
자만심 그 사이의 어디쯤에 나를 두기로 했다. 골프를 배우면
서 삶의 방향성을 다시 생각하는 시간이 늘어난다.

석 달간의 연습 끝에 나간 필드는 분명 만족스러운 성적은
아니었지만, 그보다 많은 것을 얻을 수 있는 시간이었다. 아무
리 친한 사이더라도 업무 관계로 끝날 수 있던 형들과 좀더 깊
은 인연을 만들 수 있었고, 각자의 속에 담긴 이야기를 들을

수 있었다. 그 이야기를 통해 사회 속 갑, 을 관계가 아닌 삶의 동반자가 된 기분이 들었다.

유년 시절 아버지와 함께 공놀이하길 바라던 어린아이의 꿈도 이루어냈다. 일몰이 지던 잔디밭을 아버지와 말없이 함께 걷던 그 순간이 한동안은 계속해서 생각날 것이다.

지금보다 젊은 시절의 아버지는 건물 옥상에 올라가 아무런 안전 장치도 없이 좁은 난간을 걸어다니기도 했는데, 그 모습을 지켜보면 마치 슈퍼맨과도 같았다. 고소공포증이 있어 보기만 해도 등에 땀줄기가 흐르는 나는 아버지와 같은 걸음을 걸을 순 없다.

요즘 나이가 드신 아버지는 계단을 오를 때 비틀거리시기도 하고, 술을 안 드시고도 다리에 힘이 풀려 갈지자로 걸을 때도 있다. 갈지자로 걷는다는 뜻이 이렇게나 서글픈 줄은 몰랐는데. 골프장에서만큼은 푹신한 잔디 덕인지 예의 그 슈퍼맨처럼 당당하게 걷는 아버지를 볼 수 있어 좋았다. 아버지의 걸음이 흔들리지 않았으면 좋겠다.

오랜만에 잡은 아버지의 손도 좋았다. 어릴 때는 아버지의 배를 꾹꾹 누르며 안마를 해드리곤 하던 내가 이제는 골프를 쳐야만 손 한번 잡을 수 있다는 게 죄송스럽기도 했다.

아버지의 십 년 후 소망도 알게 되었다. 언젠가는 아버지가 내게 그랬듯 나도 아이들에게 골프를 권할지 모를 일이다. 그래야만 아버지 말처럼 삼 대가 같이 운동을 할 수 있는 시간을 보낼 수 있을 테니까. 뭐, 아이들이 원치 않는다면야 어쩔 수 없겠지만 말이다.

십 년 후 아버지의 나이는 일흔다섯이 된다. 그때의 아버지는 지금보다 조금은 더 늙고 약해져 있을 것이다. 그때까지 부디 아버지가 건강하게 힘을 잃지 않고 골프를 칠 수 있길 소망한다.

골프를 하면서 기대했던 것이 이루어지지 않은 것도 물론 있다. 돼지처럼 살만 찌던 내가 골프를 하면 살이 좀 빠질 줄 알았건만 몸무게는 어쩐지 그대로다. 아무래도 몸무게는 다른 운동으로 빼야만 하는 걸까.

그럼에도 골프 연습을 하며 몸과 정신이 좋아지는 것을 느낀다. 퇴근 후에는 밥을 먹고 누워서 책이나 TV를 보던 나는 조금은 더 활동적인 사람이 되었다. 골프를 하면서 평소 사용하지 않던 내 몸을 이해하게 되었달까. 골프를 하며 물집이 잡힌 손도 통증이 느껴지던 팔도 결국은 내가 살아 있음을 증명한다.

처음 골프 연습을 앞두고 스스로 하고자 하는 의지가 생기지 않아 어려운 길이 예상되었지만, 지금은 연습장에 가서 운동하는 시간이 기다려진다. 석 달의 시간을 지내고 보니 골프를 하길 잘했다는 생각이 들었다. 골프라는 운동은 배우기 전에는 왠지 거부감이 들었지만, 막상 배우고 나서는 좋은 점이 더 많다.

골프를 하는 각자에게 골프는 과연 어떤 의미일까. 누군가는 영업을 위해 배우기도 할 테고, 누군가는 취미로 하기도 할 테고, 또 누군가는 남들이 다 하니까 따라 하기도 할 테다. 나에게 골프는 어떤 의미일까. 아직은 잘 모르겠다. 분명한 건 골프는 생각했던 것보다 재밌고 유익하다는 거다.

대체 골프가 뭐라고, 이렇게들 같이 치자고 유별일까 싶었던 나는 이제 골프를 치는 누군가를 만나면 꼭 골프 얘기를 나누는 사람이 되었다. 평소에 말이 없어 입술을 꾹 닫고 사는 나에게 뭔가 할 말이 생긴 것만으로도 골프는 도움이 된다.

필드 경험을 마쳤다는 생각에 홀가분해져서인지 연습하다 보니 평소보다 공이 잘 맞는 듯했다. 잔디 위에서 뜨지 않던 공도 다음에는 더 잘 할 수 있을 거란 기대가 생겼다. 드라이버와 아이언을 봐주던 코치님이 연달아 '나이스 샷'을 외쳐주었다.

타의에 못 이겨 시작한 골프는 분명 어렵고 힘든 운동이다. 특히나 공이 맞질 않으면 그 재미는 반감이 돼버리고 만다. '나이스 샷'은 이럴 때마다 나를 다시 움직이게 만드는 마법과도 같은 단어다. 아버지든, 코치님이든, 동반자든 골프를 치면서 들려오는 '나이스 샷'이 좋다.

다시 연습장을 찾은 날. 오늘도 나이스 샷이다.

에필
로그

찰나의 순간이었습니다. 글쓰기란 참 묘하죠. 골프 연습장에 다니던 저의 일상을 원고지에 옮겨야겠다, 생각이 든 것은 단한 줄의 글을 접한 뒤였습니다. 한 광고회사에서 카피라이터로 활동 중인 우동수 님의 글이었는데요.

어느 날 우동수 님은 SNS에 골프채 사진과 함께 짧은 문구하나를 올렸습니다. 바로 '놀랍게도 배우는 것만으로도 효도'라는 문장이었어요. 저는 이 한 줄을 보고서는 마음이 동하고말았습니다.

이 짧은 글귀를 보며 저는 아, 어쩌면 이분도 나와 비슷한 처지에 놓여 있던 게 아닐까. 그러니까 유년에 아버지와 함께 운동하고픈 로망이 있었다거나, 사랑하는 누군가와 함께 같은 운동을 하고 싶어 하는 것은 아닐까, 하는 생각을 하게 되었습니다.

그리고 이 생각은 저의 일상이 누군가에겐 공감을, 또 재미를 줄 수도 있겠다는 결론에 가닿아 원고 작업을 할 수 있는 동력을 심어주었습니다. 글쓰기란 이처럼 때로는 짧은 한 줄의 글로도 시작할 수 있는, 참으로 묘한 일입니다. 제 마음을 움직

여준 우동수 님에게 감사합니다.

한편으로 이 에세이는 저 자신을 위한 것이기도 했습니다. 초고 집필 기간은 2019년 2월 중순에서 4월 초까지, 약 오십여 일 정도입니다. 하루에 한 꼭지도 못 쓴 날이 있는가 하면, 어느 날은 하루에 서너 꼭지를 쓰기도 했습니다.

이 기간은 저의 데뷔작이던 소설 〈작가님? 작가님!〉의 원고를 작업하던 시기와 겹치기도 하는데요. 〈작가님? 작가님!〉은 작가 지망생이 책을 내기 위해 꾸준히 실패한 저의 자전적인 이야기가 담겼습니다. 당시 〈작가님? 작가님!〉 원고를 보고 있으면 저는 어쩐지 자꾸만 우울의 늪에 빠져 허우적거릴 수밖에 없었습니다. 결국 저는 우울해져가는 스스로를 이겨내기 위해 오후에는 〈작가님? 작가님!〉 원고를 손보며, 낮에는 〈힘 빼고 스윙스윙 랄랄라〉의 초고를 썼습니다.

언젠가 김승옥 선생님의 인터뷰 기사에서 선생님이 낮에는 〈차나 한 잔〉을, 또 밤에는 〈무진기행〉을 동시에 썼다는 일화를 본 적이 있는데요. 그 기사를 보면서 김승옥 선생님 역시,

나와 마찬가지의 처지에 있었던 게 아니었을까. 〈무진기행〉을 쓰면서 느꼈을 헛헛한 마음을 〈차나 한 잔〉으로 해소하려 했던 게 아닐까 싶어 저는 묘한 동질감이 생기기도 했습니다. 한국 문학의 대표적인 감수성, 김승옥 선생님의 글을 좋아합니다.

또한 초고를 쓸 때 저는 다자이 오사무의 수필집을, 또 후반 작업을 할 때는 역시 다자이 오사무의 단편집을 읽고 있었습니다. 그래서인지 다자이 특유의 주절주절거리는, 쉴 새 없이 쉼표를 남발하는 요설체에 빠져, 저도 모르게 그만, 다자이 오사무의 문체를 흉내 낸 문장을 원고에 쓰기도 한 것 같달까, 아아, 제기랄, 과연 이게 글 쓰는 사람에게 좋은 것인지 나쁜 것인지는 당최 분간이 가지 않지만, 어쨌거나 이 원고를 쓰는 데는 미약하게나마 영향을 끼친 것 같아, 다자이 오사무에게도 고마움을 전합니다, 흠흠.

각설하고, 글을 쓰는 사람은 다들 마찬가지일 거예요. 자신이 쓴 글을 누군가에게 보여주는 일은 몹시도 겁나고 두려운 일입니다. 저는 중간 결과물을 누구에게도 보여주지 않고, 묵묵히 글을 쓰는 편인데요. 이번 원고만큼은 책으로 나올 수 있을까, 하는 의문이 많았습니다. 너무나 개인적인 일상이 담겼기 때문인데요. 그리하여 저는 단 두 분에게만 원고를 미리 보여드렸습니다. 원고를 봐주시고 꼭 책으로 낼 수 있을 거라 얘기해주신 군산 배지영 작가님과 아내 정서영 씨에게도 고마움을 전합니다.

원고를 몇몇 출판사에 보냈을 때 실제로 한 편집자는 골프 에세이를 내기 위해선, 6개월 안에 싱글을 한다든가 하는 획기적인 일이 있어야만 가능하다고 말해주기도 했습니다. 제가 6개월 안에 싱글을 하는 골프 천재였다면, 저는 글쓰기가 아닌 프로 테스트를 받았을 것 같아요. 평범한 골프 이야기를 책으로 만들어준 출판사와 편집자에게도 고마움을 전합니다. 보통 사람의 이야기도 누군가에게 가닿을 수 있다는 것을 알려주신 것 같아, 저는 앞으로도 마음껏 글을 쓸 수 있을 것 같습니다.

이 책을 만나게 되실 독자님들은 어떤 분들일까요. 이 책을 읽으시곤 허허, 골프가 이런 운동이었어? 하며 관심을 가지셔도 좋겠고, 책을 덮고 나서는 아버지나 어머니에게 전화 한번 드려볼까? 하는 생각을 가지셔도 저는 좋겠습니다. 그런 책으로 읽힐 수 있다면 더할 나위 없겠습니다. 책을 읽어주시는 독자님들이 가장 고맙습니다.

데뷔작을 즐겁게 읽어주신 분들 덕에 차기작도 힘내서 작업할 수 있었습니다. 데뷔작은 소설로, 차기작은 에세이로 낸 것이 글을 쓰는 사람의 행보로 썩 괜찮다는 생각이 듭니다. 소설과 에세이, 그리고 다음엔 어떤 글을 쓸지 저조차도 아직은 알수 없지만, 글쓰기라는 두려움 속으로 망설이지 않고 들어가 보겠습니다. 세 번째 책이 언제 나올 수 있을지는 기약할 순 없지만, 꾸준히 글을 쓰는 사람으로 남고 싶습니다. 제 글을 좋아해주시는 독자님들. 다시 한번 고맙습니다.

글 쓰면서 많은 도움이 되었던 또 다른 분들. 어떤 글이 재미난 글인지, 젊은 시절 유머 감각을 심어준 PC통신 유머 동호

회 〈하얀이와 반달눈〉 가족들. 또 처음 저에게 골프를 권하고, 형편없는 실력임에도 늘 웃으며 같이 즐겨주시는 김성태 님, 남정기 님에게도 고맙습니다.

마지막으로, 글을 쓰면서 저는 누군가 책상 건너편에 앉아 있고, 그에게 재미난 이야기를 들려준다는 생각으로 작업하는데요. 이번에 그 대상이 되었던 분은 제 아버지였습니다. 아버지에게 이 책을 드릴 수 있게 되어 다행입니다. 앞으로도 부모님께 제 이야기를 많이 들려드릴 수 있길 바랍니다. 아버지, 어머니. 그러니 무병장수하셔요.

이제 막 두 번째 책을 마치며.
여전히 필드 위에선 허덕이는, 이경.